Gisela Debatin

Kater Wassili und Peter der Große

Buch

Der Legende nach brachte Peter der Große den Kater Wassili von Westeuropa nach Russland mit. Der Kater erzählt aus dem Leben Peters in Holland, England, Österreich und Russland in der Zeit von 1697 bis 1718.

Als junger Kater lebt er mit Peter und seinen Freunden in einem einfachen Holzhaus in Zaandam. Wassili begleitet den Zar auf die Werft nach Amsterdam und segelt als Schiffskater mit ihm nach England. Sie verbringen eine für beide wichtige Zeit auf einem herrschaftlichen Anwesen in London. Wassili lernt dort die Katze Wanda kennen.

Wassili und Wanda segeln mit Peters Freund in die Hafenstadt Archangelsk im nördlichen Russland, während Peter mit seinem Gefolge nach Wien reist.

Als Zar Peter nach Russland zurückkehrt trifft er Wassili und Wanda wieder. Von nun an begleitet Wassili den Zaren auf vielen Reisen durch das große russische Reich bis ans Schwarze Meer.

Während des Krieges zwischen Russland und Schweden wird Wassili auf ein schwedisches Boot verschleppt. Zusammen mit dem Matrosen Gunnar gerät er in russische Gefangenschaft und begegnet in Moskau dem Zaren wieder.

Er reist mit Zar Peter zu den eroberten Gebieten an der Ostsee und erlebt die Entstehung der Stadt St. Petersburg. Auf den Segelschiffen des Zaren dient er lange als Schiffskater. Später erhält er die Aufgabe, die Kunstsammlungen Peters vor Mäusen, Ratten und Dieben zu schützen.

Gisela Debatin

Kater Wassili
und
Peter der Große

Historischer Roman

Bibliografische Information der Deutschen Nationalbibliothek:
Die Deutsche Nationalbibliothek verzeichnet diese Publikati-
on in der Deutschen Nationalbibliografie; detaillierte bibliografische Daten sind im Internet über http://dnb.dnb.de abrufbar.

Titelbild: „Wassili fährt zur See" von Gisela Debatin
Covergestaltung: Pia Droop

Herstellung und Verlag: BoD – Books on Demand, Nor-
derstedt

ISBN: 978-3-7519-5142-5

Inhaltsverzeichnis

Vorwort

Bei den Vorbereitungen zu einer Vernissage stieß ich auf eine Legende über Peter den Großen. Darin wird berichtet, dass Peter aus Holland einen schwarzen Kater mit dem Namen Wassili nach Russland brachte. Diese Legende hat mich angeregt, mehr über Peter den Großen und seine Zeit zu erfahren, eine vergangene Epoche, die uns heute fremd geworden ist.

Außerdem hatte ich schon länger mit dem Gedanken gespielt, ein Buch über das Leben unseres majestätischen schwarzen Katers Ramses zu schreiben. Da er schon lange nicht mehr lebt, aber seine Katzenpersönlichkeit unvergessen ist, habe ich ihn in diesem Buch als Vorbild für Wassili genommen.

In meinem Roman habe ich mich an die heute bekannten geschichtlichen Überlieferungen gehalten. Am Ende des Buches finden Sie ein Verzeichnis der wichtigsten historischen Personen.

1. Wo alles begann, 1697

Im Sommer 1697 kam ich in Zaandam, einer Stadt in Holland, auf die Welt. Ich war der Erstgeborene aus dem ersten Wurf meiner Mutter, der Hauskatze Minka. Kurz darauf wurde meine Schwester geboren, eine dreifarbige Katze, eine Glückskatze. Wer unser Vater war, wissen wir nicht. Ich habe jedoch eine Vermutung! Der Ort unserer Geburt, ein kleines Holzhaus, lag direkt an einem Kanal in der Nähe der Zaandamer Werft. So ist es gut möglich, dass mein Vater auf einem Schiff der Niederländischen Ostindienkompanie vorbeikam und vom verführerischen Duft meiner Mutter an Land gelockt wurde. Ich nehme an, mein Vater war ein starker, schwarzer, weitgereister Kater, der mit den Mäusen und Ratten auf dem Schiff aufräumte. Genauso wollte ich auch werden.

Meine Mutter hatte einen vorteilhaften Platz für ihre Niederkunft ausgesucht: das Fußende eines großen, bequemen Bettes in dem erwähnten Holzhaus. Zum Zeitpunkt unserer Geburt war das Haus unbewohnt.

An einem schönen Augusttag hörten wir laute Stimmen und schwere Schritte im Garten. Dann öffnete sich die Tür. Angstvoll verbarg uns unsere Mutter unter dem Bett.

„Das Haus gefällt mir, zwei kleine Zimmer, ein Kachelofen, eine Schlafkoje und aus Holz gebaut – wie unsere Häuser in Russland. Gerrit, hier werden wir uns wohlfühlen, meine Freunde Fjodor Matwejewitsch Apraxin, Alexander Danilowitsch Menschikow und ich. Ich danke deiner Tante Saskia, dass sie uns das Haus vermietet, so lange wir in Holland leben und ich zahle ihr gerne sieben Gulden dafür."

Am selben Abend zogen drei junge Männer in das Holzhaus ein. Der Größte, den seine Freunde Peter Michailow nannten, machte es sich auf dem breiten Bett bequem. Meine Mutter holte mein Schwesterchen und mich unter dem Bett hervor.

„Ja, wen haben wir denn da?" fragte Peter Michaelow. „Eine Katze mit zwei Jungen! Wie ich sehe, ein schwarzes Katerchen mit weißen Pfötchen und ein buntes Kätzchen. Fjodor, gib doch der Katzenmutter meinen Fisch. Du weißt doch, ich kann ihn nicht vertragen." Und so kam meine Mutter jeden Tag zu einer Portion Fisch und wir gediehen prächtig, da wir auch weiterhin unseren Platz am Fußende des Betts behalten durften.

Peter und die beiden anderen Männer verließen früh am Morgen das Haus. Sie schnappten ihr Werkzeug und eilten zum Kanal. Ich tapste hinterher und sah, wie sie auf einem Boot davon ruderten. Die Sehnsucht, auf einem Boot zu fahren, packte mich. Ich nahm mir vor, mich bei Gelegenheit am Kanal umzusehen. Auch wollte ich unbedingt wissen, was die Männer in der Zeit ihrer Abwesenheit so trieben.

Wenn die drei abends in das kleine Holzhaus zurückkehrten, wurde reichlich getrunken und gegessen. Auch wir Katzen wurden nicht vergessen. An den üppigen Fleisch- und Fischmahlzeiten beteiligten mein Schwesterchen und ich uns ausgiebig. Manchmal steckte mir Peter ein Stück Schinken zu und ich leckte ihm dafür dankbar die Finger.

An einem Abend, als alle schon schliefen, schlich ich zur hinteren Gartentür, die einen Spalt offenstand. Ich pirschte zum Kanal, auf dem ein kleines Ruderboot dümpelte, und mit einem Riesensatz sprang ich auf das Boot – na ja, so riesig war mein Sprung nicht und fast wäre ich im Wasser gelandet. Ich versteckte mich hinter einer Werkzeugkiste. Das Boot schaukelte sanft auf dem Wasser und wiegte mich in den Schlaf.

Als Peter, Fjodor und Alexander am nächsten Morgen das Boot bestiegen, erwachte ich. Gott sei Dank bemerkten sie mich nicht. An der Zaandamer Werft Lynst Rogge legten sie an, ergriffen ihr Werkzeug und eilten zu einem halbfertigen Segelboot um zu sägen und zu hämmern.

Zu meinem Erstaunen sah ich eine große Menge von Leuten, die auf Peter Michailow zuliefen, mit dem Finger auf ihn deuteten und riefen: „Der Große dort, das soll der Zar von Russland sein. Schaut nur, er arbeitet als Zimmermann."

In der Mittagszeit beobachtete ich zwei Buben, die Peter einen Korb voll Pflaumen brachten. Peter nahm dankend den Korb entgegen und schenkte ihnen eine Handvoll Früchte. Im Nu umringten ihn viele Kinder, und er verteilte die Pflaumen. Die Früchte reichten jedoch nicht für alle. Und was machten die Kinder? Sie warfen Schmutz und Steine nach ihm, so dass er sich im Gasthaus ‚Zu den drei Schwänen' in Sicherheit brachte.

Inzwischen döste ich auf dem Ruderboot ein und erwachte erst, als ich Stimmen hörte. „Ist das nicht der kleine Kater aus unserem Haus? Wie ist der hierher gekommen?"

Oh je, ich war entdeckt worden. „Na ja", meinte Peter, „ich nehme an, er liebt Schiffe und wird einmal ein richtiger Schiffskater. Das würde mir gefallen. Vielleicht will er mit mir nach Russland kommen." Später trug er mich vom Boot zu unserem Holzhaus. Dort wurde ich vom kläglichen Miauen meiner Mutter und meiner Schwester empfangen, die mich schon vermisst hatten.

„So geht das nicht weiter", schimpfte Peter während des Abendessens. „In Zaandam kennt mich jeder als Zar von Russland, und ich kann nicht mehr in Ruhe als Zimmermann arbeiten."

„Ja, auf der Zaandamer Werft ist es unerträglich geworden. Wir müssen eine Lösung finden", antwortete Fjodor.

„Mein Freund Nicolaas Witsen, der Bürgermeister von Amsterdam, hat mir vorgeschlagen, als Zimmermann auf der Werft der Ostindischen Kompanie in Amsterdam zu arbeiten und dort eine geheime Unterkunft zu beziehen. Eine neue, vierzig Meter lange Fregatte soll auf Kiel gelegt werden, so dass ich die holländischen Methoden des Schiffsbaus kennenlernen kann."

„Und was geschieht mit uns?" fragte Fjodor.

„Ihr beide bleibt hier und arbeitet weiterhin auf der Werft in Zaandam. So wird es nicht auffallen, dass ich nach Amsterdam gegangen bin. Wenn ich Zeit habe, werde ich euch besuchen und schauen, wie ihr als Schiffsbauer vorankommt. Natürlich möchte ich auch meinen zukünftigen Schiffskater wiedersehen. Versorgt also die Katzen gut!"

Peter wollte uns also verlassen. Das verstand ich, denn ich hatte beobachtet, wie Kinder ihn mit Schmutz bewarfen. Peter, der in meinen Augen ein Riese war, da er mehr als zwei Meter maß, streckte sich auf dem Bett aus. Ich nahm meinen Platz am Fußende des Bettes ein und schnurrte laut. „Dein Schnurren ist sehr beruhigend, kleiner Kater. Ich glaube, du begreifst viel", murmelte er.

Noch vier Wochen musste Peter in Zaandam ausharren, bis er auf der Werft in Amsterdam mit der Arbeit als Zimmermann beginnen konnte. An einem schönen Sommermorgen spielten mein Schwesterchen und ich vor dem Haus, als ein Segelboot am Kanal anlegte. Wir sahen, wie Peter Kleidung und Werkzeuge in einer Tasche verstaute. Er verabschiedete sich von seinen beiden Freunden Fjodor und Alexander sowie von uns Katzen, eilte zum Boot und segelte davon.

2. In Amsterdam, August 1697 - Januar 1698

Eine einsame Zeit brach an. Fjodor und Alexander, die weiterhin im Haus wohnten, verließen es früh am Tag und ruderten zur Werft nach Zaandam. Mehrmals kletterte ich in das Boot, doch sie entdeckten mich immer und trugen mich an Land. Ich spielte mit meiner Schwester und dachte sehnsüchtig an Peter und das Reisen auf einem Schiff. Für unser Fressen war reichlich gesorgt. Die Männer füllten morgens unsere Schüsseln, und abends brachten sie für sich und uns leckere Speisen mit.

Bis, ja, bis ich eines Abends – ich lag wie immer am Fußende des Betts – polternde Schritte und wohlbekannte Stimmen vernahm. Peter unterhielt sich mit seinem Freund Gerrit, der ihm das Haus seiner Tante Saskia vermittelt hatte.

Sie begrüßten Alexander und Fjodor und setzten sich an den Tisch. Gläser wurden mit Wodka gefüllt und Peter begann zu erzählen: „Amsterdam, Männer, ihr könnt es euch kaum vorstellen, das ist die reichste Stadt der Welt, mit einem riesigen Hafen. Mein Freund Nicolaas hat mir die Stadt gezeigt. Er erklärte mir, wie die Holländer auf dem Sumpfland, wo der Fluss Amstel in die Zuiderzee mündet, die

Stadt Amsterdam erbauten. Hunderttausende von Pfählen wurden in den schlammigen Boden gerammt, um so ein Fundament für die Häuser zu schaffen."

Peter nahm einen tiefen Schluck Wodka und fuhr fort: „Das Wasser aus den Flüssen und dem sumpfigen Boden wird in Kanäle geleitet, die sich ringförmig durch die Stadt ziehen. Grachten sagen die Amsterdamer dazu. Vor dem äußersten Ringkanal ist der Stadtwall errichtet worden. In den Stadtwall haben die Amsterdamer Wachtürme eingebaut und auf dem Wall stehen Windmühlen, die das Wasser aus den Kanälen pumpen. Genial, sage ich euch!"

„Amsterdam würde ich auch gerne besuchen", sagte Peters Freund Alexander.

„Genau das wollte ich vorschlagen", antwortete Peter, „morgen, Freunde, kommt ihr mit mir nach Amsterdam. Auf der Werft der Ostindischen Kompanie werdet ihr Segelmacher, Seiler und Mastbauer bei ihrer Arbeit kennen lernen. Außerdem könnt ihr zusehen, wie Flaschenzüge hergestellt werden."

„Ich würde sehr gerne als Segelmacher arbeiten", warf Fjodor ein.

„Ja, Fjodor, das kannst du", freute sich Peter, „ich arbeite als Zimmermann und bin sehr stolz, dass die Holländer mich ‚Baas Peter' nennen. Gemeinsam, Freunde, bauen wir eine Fregatte, die vierzig Meter lang werden soll. Auf meinen Wunsch wird sie auf den Namen ‚Peter und Paul' getauft."

Oh je, dachte ich, jetzt werden Peter und seine Freunde fortgehen. Meine Laufbahn als Schiffskater ist dahin. Tante Saskia wird wieder in das Haus einziehen. Wir Katzen werden Tag ein Tag aus Mäuse und Ratten fangen. Das laute, lustige Leben mit Peter und seinen trinkfesten Männern wird zu Ende sein.

Da meldete sich Gerrit zu Wort: „Peter, es hat mich sehr gefreut, dass du mit deinen Freunden in dem einfachen Bauernhaus meiner Tante Saskia gelebt hast. Ich habe bemerkt, dass dir der kleine schwarze Kater gefällt. Deshalb will ich dir zum Abschied den Kater schenken. Er kann dich auf deinen Schiffsreisen begleiten. Ich vermute, er ist der Nachkomme eines Schiffskaters, der von Minka angelockt wurde, als er auf einem Schiff vorbeikam."

Als ich das hörte, drückte ich mich an Peters Beine und begann laut zu schnurren. Ich wusste, dass er mein Schnurren liebte. Es beruhigte ihn, wenn er nicht einschlafen konnte.

„Vielen Dank, Gerrit! Ich nehme den Kater gerne als Geschenk und als Erinnerung an meinen Aufenthalt in Zaandam. Ich nenne ihn

Wassili. Das ist ein schöner russischer Name. Viele unserer Fürsten heißen so! In den kalten Wintermonaten tragen sie lange Pelzmäntel. Es ist mir aufgefallen, dass der Kater einen dicken Pelz besitzt. Er scheint mir deshalb für unsere russischen Winterchen sehr geeignet zu sein."

Das mit den Winterchen habe ich später selbst erlebt. Es ist so wie mit den Wässerchen, den Wodkas – sie sind hart und hauen den stärksten Kater um.

Am nächsten Tag brachen wir früh auf. Ich berührte ein letztes Mal die Nase meiner Mutter und das Näschen meiner Schwester und sprang in den Transportkorb, den Fjodor neben mich stellte. Er hatte sogar ein Kissen für mich hineingelegt. Es war noch dunkel als wir das Segelboot bestiegen, mit dem Peter aus Amsterdam gekommen war.

Die Werft der Ostindischen Kompanie in Amsterdam erreichten wir in der Morgendämmerung, als dort mit der Arbeit an den Schiffen begonnen wurde. Peter konnte nun ungestört als Schiffszimmermann arbeiten. Er wohnte bei Claesz Pool, dem Werftmeister, der ihm ein Zimmer in seinem Haus auf der Werft zu Verfügung gestellt hatte.

Fjodor erhielt den Auftrag, mich zu Bürgermeister Witsen zu bringen. Auf dem Weg dorthin blickte ich staunend auf die prächtigen Häuser aus rotem Backstein, die entlang der von Ulmen und Linden gesäumten Kais standen. Die schmalen Häuser waren vier oder fünf Stockwerke hoch und endeten in einem spitzen Giebeldach.

Vor einem dieser eleganten Häuser hielten wir an, und ich wurde ins Haus gebracht. Die Küchenmagd Sonja nahm mich auf den Arm und trug mich die Küche. „Das ist Peter Michailows kleiner Kater", erklärte Fjodor, „Peter wünscht, dass Wassili gut gefüttert wird, denn er soll ihn später nach Russland begleiten." Sofort wurde mir ein Schüsselchen mit Sahne gefüllt, und Sonja erklärte: „Und Mäuse zum Fressen gibt es hier genug."

Jeden Tag kam Peter zu mir und zu Nicolaas in das vornehme Haus. Er unterhielt sich mit ihm über Russland und die Schifffahrt. So erfuhr ich, dass der Bürgermeister Russland bereist, eine Karte von Sibirien erstellt und ein Buch über den Schiffsbau geschrieben hatte. Wirklich ein gebildeter Mann! Stolz zeigte er Peter seine Sammlung von Schiffsmodellen, Navigationsinstrumenten und Schiffswerkzeugen.

Währenddessen saß ich an Peters Beine geschmiegt und lauschte den Berichten über seine Besuche bei weltbekannten Holländern. Er hatte den berühmten Anatomieprofessor

Fredrik Ruysch besucht, der Leichen konservieren konnte. Man stelle sich vor: konservierte Mausleichen, für immer haltbar!

Peter berichtete, dass er gerne bei Operationen im Krankenhaus assistierte und sogar sezieren und Zähne ziehen konnte. Am meisten bewunderte Peter den Naturforscher Anton van Leeuwenhoek, den Erfinder des Mikroskops, durch das Peter die Bewegung der roten Blutkörperchen beobachten konnte. All dies hätte auch mich interessiert. Schade, dass Peter mich nie mitgenommen hatte.

So verbrachte ich ruhige Tage im Hause des Bürgermeisters. Ich fing Mäuse in Küche und Keller, saß am Fenster und beobachtete das Treiben auf der Straße. Eines Tages hörte ich laute Musik und das Schlagen von Trommeln. Sonja kam angelaufen und rief: „Wassili, das musst du sehen! Draußen marschiert die Große Gesandtschaft vorbei, das Gefolge des Zaren, mehr als dreihundert Personen."

Sie packte mich und rannte mit mir auf die Straße. „Wassili, schau, die mit Pfeil und Bogen, das sind Tataren. Die Reiter mit den Bärenmützen und den goldbesetzten Pelzmänteln, das sind russische Fürsten. Was sie für herrliche Pferde haben! Und die Soldaten mit den silbernen Streitäxten und den edelsteinbesetzten Krummsäbeln heißen Heiducken – habe ich gehört. Sie begleiten die Prunkkarossen des russischen Herrschers. Was für ein Reichtum!"

Meine Augen fielen auf einen großen Trommler. Jede Wette, das war mein Freund, Peter Michailow, der Zimmermann aus Zaandam und, wie ich wusste, der Zar von Russland.

***

Das Neujahrsfest 1698 in Amsterdam wurde mit einem Feuerwerk gefeiert. Ich verbrachte den Beginn des neuen Jahres im Keller, um meine Ohren zu schonen. Als ich am Morgen wieder nach oben kletterte und in die Küche schlich, fand ich einen feinen Fisch auf meinem Teller. War der große Peter im Haus und hatte mir seinen Fisch spendiert? Schon hörte ich seine Stimme: „Fjodor, den Wassili in den Korb packen! Der kommt mit auf das Schiff nach England!" Ich hatte meine leckere Fischmahlzeit noch nicht beendet, als ich aufgehoben und in meinen Transportkorb gesteckt wurde – und Deckel zu! Nachdem ich in dem Korb gelandet war, beschloss ich nach bester Katzenart erst einmal zu schlafen.

Als der Korb heftig zu schaukeln begann, erwachte ich und machte mich durch lautes Miauen bemerkbar. Tatsächlich wurde der Deckel ein wenig geöffnet und ich blickte auf

graue Wolken, aus denen Regen herab-
rauschte. Ein heftiger Wind pfiff und blähte die
Segel. Ich befand mich auf einem Schiff, das
vom Sturm hin- und hergeworfen wurde.

Eine Hand packte mich, ich wurde an eine
nasse Brust gepresst und an einer trockenen
Stelle abgesetzt. „So, Wassili, jetzt kannst du
beweisen, dass du ein echter Schiffskater
bist", hörte ich die wohlbekannte Stimme Peters. „Wir segeln auf dem Flaggschiff ‚Yorke'
nach London." Schon bald tauchten aus dem
Nebel die ersten Bauten und Kirchtürme einer
Stadt auf. Das musste London sein.

3. Zwischenspiel – London im 17. Jahrhundert

London, gelegen an den Ufern der Themse, zählte Ende des 17. Jahrhunderts 750.000 Einwohner. Die Themse, die Hauptverkehrsader der Stadt, floss zwischen sumpfigen Wiesen und Weideflächen dahin. Kleine Ruderboote beförderten die Menschen sicher und schnell von einem Ufer zum anderen oder bis zum Ende der Stadt, denn es gab nur eine große Brücke: die London Bridge.

Im Jahr 1665 wütete eine Pestepidemie in London und raffte 70.000 Menschen dahin. Als im Jahr darauf ein großer Brand ausbrach, zerstörte er den größten Teil der mittelalterlichen Häuser und Paläste. Gleichzeitig verbrannten die Überträger der Pest, die mit Flöhen verseuchten Ratten.

Ein einfaches Abwassersystem wurde eingerichtet. Strohdächer und Holzschindeln wurden verboten. Viele Architekten begaben sich nach London, um beim Wiederaufbau mitzuwirken. Der berühmte Architekt Christopher Wren erneuerte den Kensington Palace und entwarf 52 Kirchen für die neuen Stadtviertel. An seinem Meisterwerk, der St. Paul's Cathedral, baute er mehr als vierzig Jahre lang.

London war eine lebendige und wohlhabende Stadt, gleichzeitig auch gefährlich und schmutzig. Abfälle und Unrat wurden einfach aus dem Fenster geworfen. Kutschen hinterließen tiefe Furchen in den Straßen, so dass die Reisenden durchgeschüttelt wurden und häufig mit Prellungen an ihrem Ziel ankamen.

Verbrechen in den dunklen Gassen Londons waren alltäglich, Morde geschahen jede Nacht. Hinrichtungen waren ein beliebtes Schauspiel. Am ‚Hanging Day' strömten Hafenarbeiter, Handwerker, Ladenbesitzer, reiche Damen und Herren nach Tyburn, dem öffentlichen Galgenplatz. Plätze auf Tribünen erlaubten eine ungehinderte Sicht auf das grausige Geschehen.

Natürlich gab es auch das fortschrittliche London. Die gebildeten Londoner trafen sich in einem der vielen Kaffeehäuser der Stadt. Im Kaffeehaus sprach man über Politik, Religion, Literatur, Wissenschaft, Handel, Schifffahrt und Landwirtschaft. Jeder konnte ein Café seiner Wahl aufsuchen, am Kamin Platz nehmen, sich unterhalten oder einem Redner zuhören.

Im Januar 1698 trafen Peter der Große, seine Freunde Alexander Menschikow und Fjodor Apraxin sowie ein Teil der Russischen Gesandtschaft an Bord des Flaggschiffs ‚Yorke' in London ein. Mit auf dem Schiff reiste ein schwarzer Kater mit weißen Pfoten namens Wassili.

4. Wassili und Peter in England, Januar 1698 - Mai 1698

In London bezog Peter ein großes, elegant möbliertes Haus in Deptford, das dem berühmten Schriftsteller John Evelyn gehörte, der verschiedene Bücher über Pflanzen verfasst hatte. Das Anwesen gefiel Peter besonders wegen seiner Lage. Es besaß einen großen Garten. Die Tür am Ende des Gartens führte direkt zur Themse und zu der Schiffswerft, auf der Peter arbeiten wollte.

Alle seine russischen Freunde wohnten mit ihm im Haus. Ich wurde vom Schiff ins Haus getragen und aus dem Korb befreit. Sofort durfte ich in den Garten hinausspazieren. War das ein herrlicher Park mit alten Bäumen und ganz in der Nähe unseres Schiffs! Ich war dankbar, frei herumstreifen zu dürfen. Mein Teller wurde regelmäßig mit Fisch gefüllt. Peter klopfte mir anerkennend auf den Pelz, wenn ich ihm eine Ratte vor die Füße legte.

Meistens war der Zar in London unterwegs. Er trug dann einfache Kleidung, um nicht aufzufallen. Am wohlsten fühlte er sich in einer roten Friesenjoppe und einer hellen Leinenhose, wie sie die holländischen Handwerker trugen.

Eines Morgens hörte ich, wie er seinen Diener anbrüllte: „Was soll das? Diese unbequemen Prunkkleider soll ich anziehen und diese schreckliche Perücke aufsetzen."

„Majestät ist bei Wilhelm von Oranien eingeladen, dem König von England und wird anschließend von Godfrey Kneller, dem Hofmaler des Königs porträtiert", erklärte sein Diener.

Widerwillig kleidete er sich an. Großartig sah er aus, der junge Zar mit seinen dichten braunen Haaren. „Die Perücke nicht vergessen", rief ihm der Diener nach. Im Hinausgehen stülpte Peter die weiße Perücke über sein dunkles Haar.

Am Abend berichtete er seinen Freunden von seinem Besuch bei Wilhelm von Oranien im Kensington Palast: „Dort hat mir am besten die Windrose gefallen. Sie ist mit einem Windrad auf dem Dach verbunden und zeigt an, aus welcher Richtung der Wind kommt. Sehr nützlich für die Seefahrt! Solch eine Windrose werde ich in meinem Haus einbauen lassen."

„Die Windrose ist wirklich eine großartige Erfindung", bemerkte Fjodor.

„Nach meiner Sitzung beim Hofmaler Kneller wurde ich durch den Tower geführt", erzählte Peter weiter. „Am meisten beeindruckt hat mich der Münzhof. Die Goldmünzen, die dort geprägt werden, sind ein beachtlicher Fortschritt. Die beiden Gelehrten Isaac Newton und John Locke haben eine neue Technik entwickelt. Die Münzen besitzen nun gerändelte Kanten. Deshalb ist es nicht mehr möglich, kleine Teile am Rand abzuschneiden. Das werde ich genau so in Russland einführen. Außerdem hat mir Wilhelm von Oranien eine Yacht geschenkt, die ‚Royal Transport‘. Ich weiß gar nicht, wie ich mich dafür bedanken soll."

„Wir haben doch einen riesigen Diamanten aus Russland mitgebracht", sagte Fjodor, „der kann dem König als Abschiedsgeschenk überreicht werden."

„Das ist eine sehr gute Idee," erwiderte Peter. „Doch jetzt möchte ich euch Lord Carmarthen vorstellen, den Konstrukteur der ‚Royal Transport‘. Er ist ein Mann nach meinem Geschmack. Er hat Brandy mitgebracht und wird heute mit uns feiern."

Oh je, feiern wollten sie wieder. Das kannte ich schon. Da wurde viel getrunken und gegessen, und Wetten wurden abgeschlossen: Wer trifft am besten mit Pfeil und Bogen die Personen auf den Gemälden? Wer springt durch das geschlossene Fenster in den Garten? Wer schichtet den höchsten Turm aus Stühlen und zündet ihn dann an? Kein Wunder, dass die Engländer die Russen als ‚getaufte Bären‘ bezeichneten.

Nichts wie weg, dachte ich, denn für meine Katzenohren war der Lärm unerträglich. Blitzschnell verschwand ich im Garten, wo ich eine gemütliche Höhle kannte. Dort ruhte fast immer eine Katze mit einem dreifarbigen Fell, eine Glückskatze, der ich schon mehrmals im Garten begegnet war. Sie sah meinem Schwesterchen in Zaandam, mit dem ich so gern gespielt hatte, sehr ähnlich.

Obwohl ich oft an die Zeit mit meiner Mutter und meiner Schwester in Holland zurückdachte, hatte ich mich gut in London eingewöhnt. Die Sonne schien wieder länger. Ganz langsam taute das Eis auf der Themse, und es wurde Frühjahr. Ich traf mich oft mit der Glückskatze, und wir tollten miteinander im Garten umher.

Peter brachte täglich seine Einkäufe aus London ins Haus: Maschinen, Messinstrumente, Werkzeuge, Modelle von Schiffen, Bücher, sogar ein Sarg war dabei. Am besten gefielen mir das Krokodil und der Schwertfisch. Gott sei Dank waren beide ausgestopft.

Schon seit einiger Zeit hatte ich beobachtet, wie mehrere Schiffe an unserem Kai anlegten. Ich hörte, wie Peter zu seinem Freund Alexander sagte: „Am zweiten Mai werden wir nach Holland zurückkehren und von dort aus unsere Reise nach Wien und Venedig fortsetzen.“

„Schade, dass wir London verlassen. Es gefällt mir hier", meinte Alexander.

„Mir geht es genau so", seufzte Peter. „Ich wäre gerne für immer in England geblieben. Die neueste Technik des Schiffsbaus habe ich hier kennengelernt. Ich hatte Gelegenheit, mit gelehrten Männern wie Isaac Newton zu sprechen. Hätte ich nur Holland besucht, wäre ich ein einfacher Zimmermann geblieben. Nun kehre ich als gebildeter Mann nach Russland zurück. Am liebsten jedoch wäre ich Admiral in England geworden. Das halte ich für ein glücklicheres Leben, als Zar von Russland zu sein."

Peter kraulte mich hinter den Ohren: „Nun Wassili, dir hat es wohl auch gut in London gefallen. Doch jetzt reisen wir alle weiter. Ich segle zuerst bis Amsterdam und treffe mich dort mit den in Holland verbliebenen Russen der Großen Gesandtschaft. Du fährst mit Fjodor auf einem Handelsschiff direkt nach Archangelsk. Das ist ein großer Hafen im Norden von Russland. Ich verspreche dir, dass wir uns dort wiedersehen werden."

Der Abschied von dem Haus in Deptford mit dem großen Garten und den freundlichen Menschen und Tieren fiel mir sehr schwer. Vor allem die Aussicht, wieder in den Korb gepackt zu werden, löste Unbehagen bei mir aus. Also schlich ich bekümmert in den Garten und besuchte noch einmal alle meine Lieblingsorte und den Hügel mit Blick auf die Themse.

Von dort aus konnte ich sehen, wie ein Schiff mit all den Dingen beladen wurde, die Peter in London gekauft hatte. Auf ein anderes Schiff stiegen viele Menschen mit Gepäck. Alexander Danilowitsch hatte von 60 Engländern gesprochen, die mit nach Russland reisten: Ingenieure, Mathematiker, Ärzte, Schiffsbaumeister und Handwerker, unter ihnen Henry Farquharson, Rektor der Universität Aberdeen, der in Moskau die Hochschule für Mathematik und Navigation gründen sollte. Sogar zwei Barbiere waren mit dabei. Es hieß, dass sie den Russen die langen Bärte stutzen und die englische Bartmode einführen sollten.

Plötzlich spürte ich neben mir eine Bewegung. Das konnte doch nicht wahr sein! Neben mir saß meine Glückskatze. Wollte sie mit mir auf das Schiff kommen?

5. Zwischenspiel – Wien im 17. Jahrhundert zur Zeit Kaiser Leopolds I.

Als Zar Peter mit der Großen Gesandtschaft nach Wien reiste, herrschte Kaiser Leopold I., seine Allerkatholischste Majestät, Kaiser des Heiligen Römischen Reiches, Erzherzog von Böhmen und König von Ungarn bereits 40 Jahre über das riesige Reich.

Leopold, geprägt von der katholischen Kirche, pflegte einen zeremoniellen und prunkvollen Regierungsstil. Seine besondere Liebe galt der Musik. Er komponierte sogar Opern. Seinen Vetter, Ludwig XIV., bezeichnete er als Emporkömmling. Er hielt nur sich und den Papst für würdig, ein hohes Amt zu bekleiden. Der Zar von Russland, so vermutete Leopold, lebte noch wie einst Dschingis Khan in einem Zelt.

Entsprechend kühl war der Empfang Peters in Wien, der zudem verlangte, inkognito zu bleiben. Wie sollte ein Treffen mit dem Kaiser des Heiligen Römischen Reiches und einem jungen Mann, der unter dem Namen Peter Michailow reiste, gestaltet werden? Vier Tage benötigten die Ratgeber des Kaisers, um das Protokoll des Treffens festzulegen.

Im großen Audienzsaal der kaiserlichen Sommerresidenz Favorita in Wien war eine kurze zwanglose Begegnung vorgesehen. Die beiden Monarchen sollten langsam aufeinander zugehen und sich in der Mitte des Saales treffen.

Doch Peter vermasselte das Zeremoniell. Er war viel zu aufgeregt und eilte mit großen Schritten und ausgebreiteten Armen auf den Kaiser zu. Der winkte ihn gelassen in eine Fensternische. Dort saßen sich nun der ungewöhnlich große Zar mit seinen 26 Jahren und der kleine, düstere 58-jährige Kaiser einander gegenüber. Knapp fünfzehn Minuten dauerte der Empfang. Franz Lefort, Peters ältestem Freund, fiel die Aufgabe zu, die gegenseitigen Komplimente zu übersetzen.

Doch es sollte noch weitere Treffen geben. Peter wurde zu einem der berühmten Maskenbälle am Wiener Hof eingeladen. In einem kunstvoll nachgebauten Landgasthaus erschienen der Kaiser und die Kaiserin als Gastwirte. Die Höflinge und ausländischen Gesandten traten in bäuerlicher Tracht auf. Peter verkleidete sich als friesischer Bauer. Ein Los teilte ihm für den Abend Johanna von Thurn als Begleiterin zu. An die Tische setze sich jeder, wie es ihm gefiel, ohne die höfische Rangordnung zu beachten.

Der Kaiser prostete seinem großgewachsenen, maskierten Gast zu, um auf das Wohl des russischen Zaren zu trinken. Der Gast in den friesischen Bauernkleidern prostete erfreut zurück.

Am nächsten Morgen stand der wertvolle Pokal, aus dem der kaiserliche Gastwirt auf das Wohl des Zaren getrunken hatte, als Geschenk vor der Tür des russischen Gastes, der sich Peter Michailow nannte.

Bei Johanna von Thurn, seiner Begleiterin auf dem Maskenball, bedankte Peter sich mit wertvollen Zobelpelzen aus Russland und einem großzügigen Geldgeschenk.

Um die Gastfreundschaft des Kaisers zu erwidern, gab die Russische Gesandtschaft an Peters Namenstag, dem 29. Juni, einen großen Ball für tausend Gäste, der die ganze Nacht dauerte.

Damit ging der zweiwöchige Aufenthalt in Wien seinem Ende entgegen. Peter hatte wenig erreicht. Eigentlich hatte er den Kaiser davon überzeugen wollen, dass Russland dringend einen Hafen am Schwarzen Meer brauchte.

„Ein Monarch, der eine Landarmee hat, hat nur eine Hand; der, der auch eine Flotte hat, hat zwei Hände", erklärte Peter dem Kaiser. „In Woronesch habe ich vor zwei Jahren eine Werft gegründet, auf der moderne Fregatten für die russische Flotte gebaut werden. Über den Fluss Woronesch, der in den Don mündet, können die Fregatten bis zum Schwarzen Meer gelangen. Deshalb will ich die Hafenstadt Kertsch von den Türken erobern. Archangelsk, unser einziger Seehafen, ist im Winter zugefroren."

Doch Leopold lehnte eine Unterstützung Russlands ab. Nachdem Wiens oberster Feldherr Prinz Eugen jahrelang gegen die Türken gekämpft hatte, wünschte der Kaiser einen dauerhaften Frieden mit dem Sultan. Er empfahl dem Zar, selbst mit der Türkei zu verhandeln.

Peter hatte nun das steife, stickige Wien satt. Er wollte endlich nach Venedig reisen, den Bau der venezianischen Galeeren studieren und wieder frische Meeresluft atmen. Doch dazu sollte es nicht mehr kommen. Als er sich von Kaiser Leopold in Wien verabschiedete, traf ein Reiter aus Moskau ein.

Der völlig erschöpfte Kurier überreichte Peter einen vier Wochen alten Bericht. Fjodor Romodanowski, Peters Stellvertreter in Moskau, unterrichtete ihn in dem Schreiben über den Aufstand der Strelitzen, die kurz vor Moskau standen. Daraufhin beschloss Peter, sofort nach Russland zurückzukehren, und sagte die Reise nach Venedig ab.

6. Die Schiffsreise nach Archangelsk, Juni bis September 1698

In London wurden nach der Abreise Peters die Schiffe für die Fahrt nach Archangelsk beladen. Fjodor Matwejewitsch Apraxin, Katzenfreund und engster Vertrauter Peters, Gouverneur von Archangelsk und Sachverständiger in Sachen Schifffahrt, führte die Aufsicht.

Ich saß neben meiner Glückskatze auf dem Hügel im Garten und beobachtete, wie Schiff um Schiff den Hafen verließ. Wollten sie mich in England zurücklassen? Peter hatte doch versprochen, mich in Russland wieder zu treffen.

Jetzt lag nur noch ein Schiff an unserer Anlegestelle. Eine schöne Dame stieg an Bord. Ihr folgte ein Diener mit Gepäck. Fjodor betrat ebenfalls das Schiff. Er gab dem Diener ein Zeichen. Der ergriff den Transportkorb und eilte zu mir und der Glückskatze in den Garten. Er stellte den Korb vor uns ab und hob den Deckel. Ich wollte unbedingt mit auf das Schiff und sprang freiwillig hinein. Meine Glückskatze saß nun allein auf der Wiese und maunzte kläglich. Ich maunzte zurück, und da geschah das Wunder. Sie hüpfte zu mir in den Korb und der Diener brachte uns beide an Bord. Die Segel wurden gehisst und das Schiff nahm Fahrt auf.

Diesmal wurde der Deckel des Korbes sofort geöffnet. Vorsichtig lugten wir hinaus und blickten in den blauen Himmel und auf ein großes weißes Segel. Das hübsche Gesicht der Dame erschien über uns. „Fjodor", rief sie, „ich sehe zwei Katzen im Korb. Neben Wassili sitzt eine dreifarbige Katze. Das ist ja wunderbar. Sie kann den Kater bei der Jagd nach Mäusen und Ratten auf unserem Schiff unterstützen. Was hältst du davon, wenn wir sie Wanda nennen nach meiner polnischen Cousine?"

„Das ist eine gute Idee, Maria, deine Cousine hat genau so einen Bart wie die Katze", spottete Fjodor.

Ich fand auch, dass der Name gut passte. Wir könnten uns ‚Wanda und Wassili, Zar Peters berühmte Rattenjäger' nennen. Oder wie die Engländer sagen würden: ‚Wanda and Wassili, The Tremendous Team'. Nach dieser freudigen Begrüßung wagten wir uns aus dem Korb und begannen einen Erkundungsgang auf dem Schiff ‚Sankt Paul'. Unsere Aufgabe, Ratten und Mäuse zu jagen, nahmen wir sehr ernst. Zur Belohnung erhielten wir frischen Fisch und Reste vom Essen der Matrosen.

Es sollte eine sehr lange Fahrt werden. Sie führte an den Küsten Englands und Schottlands entlang. In Newcastle und Aberdeen

legten wir an. Es wurden Lebensmittel eingekauft und auf das Schiff gebracht.

Danach segelten wir viele Wochen auf dem
Nordmeer. Ab und zu begegneten wir englischen und holländischen Handelsschiffen.
Fast immer schien die Sonne. Die Nächte waren kurz, bis es eines Tages überhaupt nicht
mehr dunkel wurde.

In den hellen Nächten konnte niemand an
Bord richtig schlafen. Deshalb wurde die
Dame Maria gebeten, Geschichten zu erzählen. Wanda und ich legten uns neben sie, um
zuzuhören. Natürlich schliefen wir Katzen
nach einer Weile ein. Doch an eine Geschichte kann ich mich gut erinnern. Sie hat mir sehr
gefallen und ich erzähle sie jetzt.

***

Die Einladung des Bären

Der Bär lag in seiner Höhle und trank Wodka. Allein machte ihm das Trinken keinen
Spaß. Also lud er den Wolf ein und bot ihm ein
Glas Wodka an. Der Wolf nahm einen Schluck
und musste husten. „Schmeckt dir mein Wodka nicht, Wolf?" fragte der Bär. „Doch Meister
Petz, er schmeckt sehr gut." „Du lügst", sagte
der Bär und warf den Wolf aus der Höhle.

Nun kam der Hase an der Höhle vorbei.
Auch ihn lud der Bär auf ein Glas Wodka ein.

Der Hase schnupperte an dem Wodka und zog die Nase hoch. „Schmeckt dir mein Wodka nicht, Hase?" fragte der Bär. „Doch, Meister Petz, er hat einen besonderen Duft." Diese Antwort erzürnte den Bären, und er gab dem Hasen einen Tritt, so dass er aus der Höhle hinausflog.

Da trippelte eine Krähe vorbei und der Bär fragte die Krähe: „Willst du ein Glas Wodka mit mir trinken?" „Sehr gerne, Majestät Bär", erwiderte die Krähe und hüpfte in die Höhle, „was für eine schöne Höhle Majestät haben, aber leider kann ich mit meinem Schnabel Ihren herrlichen Wodka nicht aus dem Glas trinken, aber anstoßen auf das Wohl Ihrer Majestät kann ich schon." Darüber freute sich der Bär sehr und trank beide Gläser aus.

**

Langsam verstrichen die hellen Tage auf dem Nordmeer. Bei dem sonnigen Wetter kamen wir gut voran. Eines schönen Tages ertönte der freudige Ruf eines Matrosen „Land in Sicht" und lockte die ganze Besatzung des Schiffs an Deck. „Das ist die Halbinsel Kola, sie gehört zu Russland", erklärte Fjodor seiner Dame Maria. „Die Hirten, die hier leben, ziehen mit ihren Rentieren im Land umher. Sie gehören zum Volk der Samen. Von ihnen können wir Fleisch und Dörrfisch bekommen."

„Fjodor, bist du sicher, dass sie uns von ihren Vorräten geben?" fragte die Dame.

„Ganz sicher, Maria, als Untertanen von Zar Peter sind sie dazu verpflichtet", antwortete Fjodor. „Es ist die letzte Gelegenheit, uns mit Essensvorräten einzudecken, bevor wir den letzten Teil unserer Reise durch die Barentssee und das Weiße Meer antreten. Zum Dank werden wir den Hirten einige unserer guten englischen Messer schenken."

Wanda und ich durften über den Steg an Land gehen. Vorsichtig setzen wir Pfote vor Pfote, um nicht ins kalte Wasser zu fallen. Nirgends waren diese Samen zu sehen, da sie ja, wie wir gehört hatten, mit ihren Rentieren umherwanderten. Also legten wir uns auf die warmen Steine in die Sonne und dösten ein.

Ich wachte erst wieder auf, als Marias Diener Iwan mich hochhob, unter einen Arm klemmte, Wanda unter den anderen nahm und uns auf das Schiff trug. Von dort beobachteten wir, wie Vorräte und Waren an Bord gebracht wurden.

Die Pelze, die Felle, das Leder und das Holz sollten in Archangelsk zu Geld gemacht werden, hatte ich von Fjodor gehört. Wie das wohl vor sich ging? Ein Kater, wie ich, kann sich so etwas nicht vorstellen.

Unser Schiff segelte weiter auf dem Meer, das die Matrosen ‚Weißes Meer‘ nannten. Eines Morgens tauchte in der Ferne ein Küste auf. Hektisch begannen die Menschen auf dem Schiff ihre Besitztümer einzupacken und an Deck zu bringen. Ich vermutete, dass das Ende unserer Reise nahte.

Wanda und ich setzten uns neben das Gepäck. Wir wollten auf keinen Fall auf dem Schiff zurückgelassen werden. Inzwischen hatten wir das Weiße Meer verlassen und segelten in eine breite Flussmündung. An den Ufern und auf den Inseln erblickten wir wunderschön bemalte Holzhäuser und Kirchtürme, die goldene Kuppeln trugen. Das war wohl Archangelsk, die Erzengel-Michael-Stadt, gelegen am Delta der Dwina, von der schon die ganze Zeit geredet wurde – das Ziel unserer Reise – Russland – das Reich Zar Peters!

7. Wassili und Wanda in Archangelsk, 1698

Nun waren Wanda und ich also in Russland angekommen.

Maria hatte dafür gesorgt, dass wir Katzen in dem uns schon bekannten Korb befördert wurden. Als nach langem, heftigem Geschaukel endlich der Deckel geöffnet wurde, blickten wir in den gemütlichen Raum eines Holzhauses. Vorsichtig tapsten wir auf dem festen Boden umher. Das fühlte sich seltsam an, nachdem wir uns wochenlang auf einem schwankenden Schiff bewegt hatten.

Ich hopste auf die Bank neben dem großen Ofen, Wanda hinterher. Es sah fast genauso aus wie in unserem Holzhaus in Zaandam. Es fehlte nur der große Peter, der mich in Russland treffen wollte. Schon hörte ich Schritte an der Tür. Mein Herz klopfte, sollte ich ihn jetzt wiedersehen? Maria öffnete die Tür und rief: „Herzlich willkommen, Andrei, bitte komm herein. Wir warten schon ungeduldig darauf, zu erfahren, was sich in Moskau ereignet hat."

Herein kam nicht Peter, wie ich gehofft hatte, sondern Andrei Artomowitsch, ein guter Freund von ihm, den ich schon aus Amsterdam kannte.

„Da gibt es viel zu erzählen, liebe Maschenka, aber wir warten lieber auf Fjodor. Wo ist er denn?" fragte Andrei.

„Natürlich auf der Werft", antwortete Maria. „Das war sein erster Gang nach unserer langen Reise von England nach Russland. Unsere Schiffe müssen überholt und repariert werden. Außerdem wollte er die russisch-englische Handelsgesellschaft besuchen. Die Waren, die wir mitgebracht haben, werden dort verkauft. Er kommt am Abend. Ich bereite inzwischen für uns alle eine Mahlzeit vor." Das hörten wir Katzen gerne und trabten mit Maschenka, wie Andrei sie nannte, in die Küche.

Als alle nach dem Abendessen gemütlich um den runden Tisch saßen, begann Andrei zu berichten: „Peter hat bei seinem Besuch in Wien nicht viel erreicht. Der Kaiser wollte Russland bei der Eroberung eines Hafens am Schwarzen Meer nicht unterstützen. Also beschloss Peter, wie geplant, Venedig zu besuchen. Als er sich von Leopold verabschiedete, erhielt er die Nachricht vom Aufstand der Strelitzen in Moskau. Er sagte die Reise nach Venedig ab und machte sich auf den Weg nach Russland."

„Andrei, kannst du mir Genaueres über die Strelitzen berichten?" fragte Maria.

„Gerne, Maschenka", erklärte Andrei, „Zar Iwan IV., auch ‚der Schreckliche' genannt, hat zu seinem Schutz im Jahr 1550 eine Palastgarde aufgestellt, die Strelitzen, hervorragende Bogenschützen. Sie sind treue Anhänger von Peters Halbschwester Sofia."

„Sehr schlau von den Strelitzen", bemerkte Fjodor, „sie wollten die Abwesenheit Peters nutzen, um ihn zu stürzen und Sofia wieder zur Regentin erklären – wie schon einmal, als Peter zehn Jahre alt war!"

„Ja, Fjodor, das hatten sie wohl vor", erzählte Andrei weiter. „Peter ließ sich Zeit bei der Rückkehr nach Moskau. In Polen besuchte er August den Starken. Die beiden feierten drei Tage mit viel Wodka ihre Freundschaft und tauschten ihre Kleider. Als Peter in den Kleidern und mit dem Degen Augusts in Moskau ankam, hatten seine beiden Garderegimenter unter Patrick Gordon den Aufstand schon niedergeschlagen. Alle beteiligten Strelitzen hatte Gordon verhaften lassen."

„Darüber hat sich Peter sicher gefreut", meinte Maria.

„Er war wütend und ließ die Strelitzen unter Folter befragen", fuhr Andrei fort, „da sie nichts verrieten, wurden sie alle zum Tode am Galgen verurteilt. In Moskau wird von zweitausend Gehängten gesprochen. Peter kannte keine Gnade, er wollte für alle Zeit mit den Strelitzen aufräumen. Sofia wurde als Nonne in das Kloster Nowodewitschi verbannt."

Andrei hatte aufgehört zu sprechen. Alle starrten merkwürdig ruhig vor sich hin.

Auch ich war nachdenklich geworden und erinnerte mich an die Ausrufe der Matrosen auf unserer Schiffsreise nach Archangelsk. „Aufgeräumt haben die beiden Katzen wieder!" riefen sie, wenn Wanda und ich die toten Ratten auf dem Deck aufreihten.

Doch es gab einen großen Unterschied zwischen uns Katzen und den Menschen. Ein Mitglied unserer großen Katzenfamilie würden wir nicht töten.

8. Russland wird modern, 1698

Wir Katzen hatten uns gut in Archangelsk eingewöhnt. Die Stadt erstreckte sich an den Ufern der Dwina und auf den Inseln im Dwinadelta. Unser Haus lag auf der Insel Solombala, in der Nähe der Werft, die Peter gegründet hatte. Es war umgeben von einem großen Garten und hatte Ähnlichkeit mit unserer Unterkunft in London. Wir taten, was Katzen immer tun: wir gingen auf die Jagd nach Mäusen und Ratten und waren sehr erfolgreich. Maria lobte uns und verwöhnte uns zum Dank mit fetten Fischen.

Andrei kam oft zu Besuch. Er setzte sich zu uns auf die Ofenbank. „Ich muss dir das Neueste aus Moskau berichten, Maschenka. Peter will Russland verändern, modernisieren, wie er sagt, die alten Zöpfe abschneiden. Damit meint er wohl die langen Bärte der Russen. Er greift selbst zum Messer und schneidet damit eigenhändig seinen Bojaren die Bärte ab."

Ich erinnerte mich, dass er zwei Barbiere in London angeworben hatte, um die neue Bartmode in Russland einzuführen. Warum tat er das jetzt selbst?

Andrei verdrehte die Augen und erzählte weiter: „Die Russen glauben, dass es eine Todsünde ist, im Himmel ohne Bart zu erscheinen. Keiner will sich den Bart abnehmen lassen. Deshalb hat Peter eine Bartsteuer erlassen und die Bartträger erhalten ein Abzeichen aus Bronze, auf dem steht ‚Steuer bezahlt'. Das hängen sich die Bartträger an einer Kette um den Hals."

„Das kann ich mir gut vorstellen. Unter dem Bart baumelt als Schmuck das Bronzeabzeichen", stellte Maria fest.

„Aber das ist nicht alles, Maschenka. Auch die schöne, altrussische Kleidung darf nicht mehr getragen werden. Du kennst sie ja: besticktes Hemd, weite Hose, rote oder grüne Stiefel, bodenlanger Kaftan mit Kragen aus Samt oder Brokat und überlange, breite Ärmel, darüber ein langer Mantel, im Winter mit Pelz und Pelzmütze. Peter verabscheut diese Kleidung, weil er sie für unpraktisch hält."

„Für Russland im Winter ist das die richtige Kleidung", meinte Maria. „Bei zwanzig oder dreißig Grad unter Null schützen ein langer Mantel, warme Stiefel, Pelzmützen und ein Bart vor der Kälte."

Da hatte Maria recht. Mir gefiel die alte russische Kleidung sehr. Katzen konnten gemütlich darauf Platz nehmen.

In letzter Zeit war mir aufgefallen, dass die Tage immer kürzer wurden und immer kälter. Wanda und ich waren richtig rund geworden –

das lag an den üppigen Fischmahlzeiten und dem dicken Pelz, der uns gewachsen war. Wir eigneten uns, wie Peter sich ausgedrückt hatte, sehr gut für die russischen Winterchen. Ob ich Peter jemals wiedersehen würde?

Eines Tages – Wanda und ich lagen dicht aneinandergeschmiegt auf der Ofenbank – schreckte uns heftiges Klopfen an der Tür auf. Maria eilte zur Tür und öffnete sie. Herein stolperte der große Peter, der sich bücken musste, um nicht am Türrahmen anzustoßen. Hinter Peter trat Fjodor in den Raum. Ein Schwall eisiger Luft kam mit herein.

Maria begrüßte die beiden Männer: „Wie schön, dass ihr zu Besuch kommt. Nehmt doch Platz bei den Katzen auf der Ofenbank! Ich glaube, Wassili wird sich sehr freuen."

Tat ich – und hüpfte sofort auf Peters Schoß und begann zu schnurren. „He, Wassili, dein Schnurren habe ich vermisst", sagte Peter und streichelte mich. „Da sehe ich ja noch ein Katzentier, Maschenka, wo kommt das denn her?"

„Das ist Wanda. Wassili hat sie in London aufs Schiff gebracht", antwortete Maria.

„Wassili, du bist doch ein echter Schiffskater", wandte sich Peter an mich. „Willst du nicht wieder auf einem Schiff leben? Du könntest mit mir und Fjodor nach Woronesch reisen. Auf der Werft dort werden viele neue Schiffe für meine Flotte gebaut."

„Habe ich da richtig gehört?" fragte Maria. „Fjodor und Wassili sollen mit dir nach Woronesch gehen? Du kannst doch Wassili nicht von Wanda trennen. Sie sind immer zusammen."

„Das ist doch nicht für immer", antwortete Peter. „Fjodors Kenntnisse im Schiffsbau brauche ich jetzt dringend auf der Werft in Woronesch. Meinetwegen können beide Katzen mit, aber wenn ich Wandas dicken Bauch sehe, wäre das warme Haus hier in Archangelsk der bessere Platz für sie."

„Vermutest du, dass Wanda Nachwuchs bekommt?" wunderte sich Maria. „Sie hat doch nur einen dicken Winterpelz und einen guten Appetit. Aber wenn Wassili und Fjodor mit dir nach Woronesch gehen werden, wäre ich froh, wenn Wanda bei mir bleiben darf."

Was hörte ich da? Hoffentlich würde ich rechtzeitig zurück von der Schiffsreise sein, um unsere kleinen Katzen begrüßen zu können. Doch zuerst wollte ich Peter und Fjodor auf dem Schiff nach Woronesch begleiten.

9. In Woronesch, Herbst 1698

An einem sonnigen Tag erreichte unser Schiff die Stadt Woronesch. Peter zeigte auf die vielen im Bau befindlichen Schiffe, die am Ufer des Flusses Woronesch lagen. Männer schleppten riesige Baumstämme herbei, die zu Balken zersägt wurden. Andere arbeiteten an den neuen Schiffen. Es herrschte ein ungeheurer Betrieb.

Peter wandte sich an Fjodor: „Das ist die Werft, die ich vor drei Jahren gegründet habe. Unterwegs habe ich dir erzählt, dass Streitigkeiten ausgebrochen sind. Viele der Männer, die die Große Gesandtschaft in Holland, England und Italien angeworben hat, arbeiten jetzt hier, zusammen mit Russen, die gar nicht hier leben wollen. Deshalb habe ich dich gebeten mitzukommen. Vielleicht kannst du für eine bessere Zusammenarbeit sorgen."

„Ich werde es versuchen, Peter. Wenn es mir gelingt, Frieden zu stiften, können wir noch vor dem Winter einige Schiffe fertigstellen. Für Ende Oktober ist das Wetter hier noch sehr schön im Vergleich zu Archangelsk, wo jetzt schon Väterchen Frost herrscht", antwortete Fjodor.

Mir war auch aufgefallen, wie hell und sonnig es in Woronesch war. Ein so dickes Winterpelzchen hätte ich hier nicht gebraucht.

„Bis Ende Dezember werde ich in Woronesch bleiben", sagte Peter. „Ich habe vor auf der Werft zu arbeiten, wie damals in Holland. Zuerst zeige ich dir jetzt die Werkstätten und das Haus, in dem wir und unser Kater Wassili wohnen werden."

Wie schon so oft, wurde der wohlbekannte Korb neben mir abgestellt. Ich hüpfte hinein und ein Matrose trug mich an Land. In einem gemütlichen Holzhaus, wie Peter es liebte, durfte ich aus dem Korb springen und auf der Ofenbank Platz nehmen.

Peter streichelte mich und sagte: „Von dir, Wassili, erwarte ich, dass du das Haus rattenfrei hältst. Leider gibt es auf der Werft Heerscharen von diesen Plagegeistern."

Ich antwortete mit einem lauten Miau.

An Fjodor gewandt fuhr Peter fort: „Diesmal will ich selbst ein Schiff entwerfen, einen Dreimaster. Er soll ‚Die Vorbestimmung' heißen. Und ich habe vor, das Schiff zusammen mit meinen russischen Landsleuten zu bauen."

Ein Schiff entwerfen und selber bauen, was Zar Peter alles kann! dachte ich. Er strahlte über das ganze Gesicht. So zufrieden hatte ich ihn noch nie gesehen.

Unser Leben glich dem in Holland. Früh am Morgen verließen die Männer in Arbeitskleidung das Haus. Am Abend brachten sie Braten mit – auch für mich – und tranken viele Gläser Wodka. Leider wurde es im Dezember auch in Woronesch kalt und dunkel. Peter arbeitete sogar im Schneetreiben auf der Werft, und ich konnte mein dickes Winterpelzchen nun gut gebrauchen.

Ende Dezember verabschiedete sich Peter von uns: „Fjodor, ich muss den Winter in Moskau verbringen und komme erst wieder nach Woronesch, wenn das Eis auf dem Fluss taut. Cornelius Cruys, unser Vizeadmiral, den du aus Holland kennst, wird im Frühjahr die Schiffe vom Stapel lassen. Von dir erwarte ich, dass du den Winter über die Werkstätten beaufsichtigst."

„Wassili, deine Aufgabe kennst du", wandte er sich an mich, „und im Frühjahr darfst du mit auf das neue Schiff." Ich miaute leise. Noch so lange warten! Wie langweilig! Meine Aufgabe als Mäuse- und Rattenvernichter hatte ich in den letzten Wochen so gut wahrgenommen, dass sich keines dieser Biester mehr in die Nähe unseres Hauses wagte. Also entschloss ich mich, Fjodor zu den Werkstätten der Werft zu begleiten. Außerdem wollte ich wissen, wo er seine Tage verbrachte.

Als Fjodor sich am nächsten Morgen, dick eingemummt, auf den Weg machte, schloss ich mich an. „Du bist wohl nicht gern allein.

Fehlt dir deine Katzenfreundin Wanda? Ich jedenfalls sehne mich sehr nach Maria." Er bückte sich zu mir herab und kraulte meinen Winterpelz. „In der Gießerei ist es laut und heiß, Wassili. Willst du wirklich mitkommen?" Natürlich wollte ich und trabte weiter neben ihm her.

War das ein Lärm und eine Hitze in der Gießerei! Doch freute ich mich sehr, als ich vertraute Laute vernahm. War das etwa Holländisch und Englisch, was ich da hörte? Ich setzte mich in eine Ecke und beobachtete die Männer bei der Arbeit. Es wurden Schiffsanker und Metallteile für Schiffe hergestellt. Ich sah riesige Metallkörper, die Fjodor als Kanonen bezeichnete. Wozu man die wohl brauchte?

Einer der jungen Männer kam zu mir herüber, bückte sich und flüsterte auf Holländisch in mein Ohr: „Du siehst aus wie unser lieber Kater, den wir in Amsterdam hatten. Ich habe solches Heimweh nach Holland." Er steckte mir ein Stück Schinken von seinem Brot zu. Ich nahm es gerne an.

Von nun an begleitete ich Fjodor jeden Tag. Zusammen besuchten wir die verschiedenen Werkstätten auf der Werft: das Kanonengusswerk, die Segeltuchfabrik, die Seilerei und die Lederfabrik. Überall gab es genug zu jagen, denn es wimmelte nur so von Ratten. Ein

Heer von Katzen hätten wir gebraucht, um ihrer Herr werden zu können. Ich tat mein Möglichstes und räumte gründlich auf. Wo ich hinkam, wurde ich freudig begrüßt. Die Männer auf der Werft nannten mich ehrerbietig ‚Wassili, Zar Peters berühmter Rattenjäger‘ oder ‚Wassili, der Schrecken aller Ratten‘.

Am Abend hielt es Fjodor mit mir allein im Haus nicht lange aus. Er stellte mir etwas zu Fressen hin und verließ das einsame Anwesen. Neugierig geworden, schlich ich ihm nach. Er ging vorbei an den im Dunkeln liegenden Werkstätten in ein Viertel, in dem die Arbeiter der Werft wohnten. Hier waren viele Menschen unterwegs und in manchen Häusern brannte Licht. Fjodor verschwand in einem Gasthaus.

Ich setzte mich in eine dunkle Ecke neben dem Eingang und beobachtete, wer aus und ein ging. Als ich fast schon eingeschlafen war, bemerkte ich mehrere Männer, die sich leise auf der dunklen Seite der Straße entlangtasteten. Was die wohl vorhatten? In einiger Entfernung folgte ich ihnen auf dem Weg zum Fluss. Am Ufer des Woronesch entdeckte ich noch mehr Männer.

Ein Boot auf dem Fluss näherte sich lautlos. Kein Geräusch, kein Licht! Ich schlich mich näher heran. Einer der Männer deutete auf mich und flüsterte auf russisch: „Der Kater des Zaren, schnell aufs Boot!" Was denken denn diese Männer von mir? Ein ehrenwerter Kater wie ich verrät niemanden. Ich bin doch kein Hund, der jeden mit seinem dummen Gebell anzeigt. Inzwischen war das Boot am Ufer angelangt. So leise, wie Menschen das können, versteckten sich die Männer darauf. Schnell entschwand das Boot in der Dunkelheit.

Nachdenklich pirschte ich nach Hause und ich erinnerte mich an leise geflüsterte Gespräche von jungen Russen: Ich hasse diese Arbeit hier. – Schon wieder sind viele unserer Mitbewohner schwer erkrankt. – Gestern ist mein Zimmernachbar gestorben. – Meine Familie braucht mich dringend zuhause auf dem Hof. – Der Zar will mich auf eine Werft nach England schicken.

Einige dieser Unzufriedenen hatten sich wohl heute Nacht zu einer heimlichen Flucht aus Woronesch entschieden.

So verging der Winter, die Tage wurden länger, die Sonne schien wärmer, das Eis auf dem Woronesch begann zu tauen. Wollte Peter nicht im Frühjahr wiederkommen und mit den neuen Schiffen von Woronesch ans Asowsche Meer segeln?

10. Die Reise ans Schwarze Meer, 1699

Nach der Ankunft Peters in Woronesch Anfang Mai startete die russische Flotte zu ihrer Fahrt nach Asow. Ich reiste als Schiffskater auf der Fregatte mit dem Namen ‚Apostel Peter'. Sie trug vierundzwanzig Kanonen und wurde von Zar Peter selbst befehligt.

Ich saß neben Peter an Deck und schaute auf die riesige Schiffsprozession: zweihundert seetüchtige Kriegsschiffe und fünfhundert Flussschiffe, die langsam den Strom hinunterfuhren. Am Ufer entdeckten wir ein paar Männer, die sich aus Schildkrötenfleisch eine Mahlzeit zubereiteten. Peter ließ anhalten und bat um eine Kostprobe. Die Männer lachten und schenkten ihm eine große Portion.

Abends lud Peter Freunde auf dem Schiff zu einem Festessen ein. Mit Genuss verzehrten die Gäste die zarten Hähnchen und lobten den feinen Geschmack. Mir warf Peter auch ein Stückchen zu. Ich muss gestehen, es mundete hervorragend!

Nach dem Essen befahl Peter seinem Diener: „Zeig uns jetzt einmal die schönen Federn der Hähnchen!" Der Diener hielt einen Schildkrötenpanzer hoch. Die meisten in der Tischrunde lachten. Doch einige schauten betreten zu Seite. Die Vorstellung, eben Schildkrötenfleisch gegessen zu haben, schien ihnen nicht zu behagen.

Inzwischen setzten wir unsere Reise auf dem Don fort, in den der Woronesch mündete. Es war warm und fast immer schien die Sonne. Grüne Wiesen und Felder erstreckten sich bis an die Ufer.

Als der Don immer breiter wurde, rief Peter die ganze Besatzung an Deck: „Wir nähern uns jetzt der Festung Asow, die wir vor drei Jahren nach langem Kampf gegen die Türkei für Russland erobert haben. Hier mündet der Don in das Asowsche Meer. Wir segeln nach Taganrog und besichtigen den neu angelegten Marinehafen. Von dort aus starten wir die Manöver mit unserer Schwarzmeerflotte, mit der wir die türkische Hafenstadt Kertsch einnehmen wollen. Kertsch ist wichtig für Russland, weil es am Übergang vom Asowschen ins Schwarze Meer liegt."

Die Flussschiffe und Ruderboote, die für unsere Versorgung zuständig waren, blieben auf dem Don zurück. Die neuen, in Woronesch hergestellten Fregatten segelten in den Hafen von Taganrog. Ich betrachtete den prächtigen Sonnenuntergang und ließ mir den warmen Wind um die Nase wehen. Ein kleines Segelboot näherte sich mit großer Geschwindigkeit unserem Schiff. Ich sah einen Mann, der eine weiße Fahne schwenkte. Der

Mann kam an Bord unseres Schiffes und überreichte Peter ein Schreiben.

Neugierig pirschte ich heran und hörte, wie Peter seinem Freund Alexander berichtete: „Eben erfahre ich, dass unser Gesandter Wosnizin in Wien auf der Friedenskonferenz in Karlowitz nichts für uns erreichen konnte. Kertsch bleibt türkisch und die Türken behalten die Hoheit über das Schwarze Meer. Wosnizin empfiehlt einen Waffenstillstand mit dem Sultan abzuschließen. Seiner Ansicht nach wäre es sinnvoll, einen Botschafter nach Konstantinopel zu senden. Also werden wir das tun."

Alexander schlug den würdigen, weißhaarigen Minister Jemilian Ukrainzew als Sonderbotschafter vor. Der vornehme Mijnheer Ukrainzew, wie die Holländer ihn nannten, beherrschte viele Sprachen. Nach meiner bescheidenen Meinung war er genau der Richtige für diese Aufgabe. Sogar die Katzensprache verstand er und versorgte mich nach einem nachdrücklichen ‚Miauuu' mit köstlichen Leckerbissen.

Peter stimmte zu: „Ich werde Jemilian beauftragen, einen Friedensvertrag mit der Türkei auszuhandeln, worin uns der Bau eines Hafens in Kertsch gestattet wird. Unsere neue Flotte wird ihn bis Kertsch begleiten. Anschließend wird Jemilian auf unserem größten

Schiff bis zur türkischen Hauptstadt weitersegeln, um den Sultan zu beeindrucken."

Wirklich, ein großer Diplomat, der junge Zar Peter, dachte ich. Vor einem anderen Kater den Pelz aufbauschen, um Stärke zu zeigen! Genauso verhalten wir Katzen uns beim Streit um ein Revier.

Mit seiner großen, modernen Flotte segelte Peter im August 1699 zur Meerenge von Kertsch. Dort bewachte der türkische Pascha mit seinen Kanonen die Verbindung zwischen dem Asowschen und dem Schwarzen Meer. Zur Begrüßung gab Peter Salutschüsse ab. Mehrere Tage wurde verhandelt.

„Endlich hat uns der Pascha erlaubt, mit der Fregatte ‚Krepost' nach Konstantinopel zu segeln", unterrichtete Peter seinen zukünftigen Botschafter Mijnheer Ukrainzew. „Du übergibst dem Sultan die Einladung, die ‚Krepost' zu besichtigen. Bei seinem Besuch auf dem Schiff überreichst du ihm die Bitte, dich als russischen Botschafter in Konstantinopel zu bestätigen."

Daraufhin ging Mijnheer Ukrainzew mit seinen Dienern an Bord der Fregatte ‚Krepost'. Ich mischte mich heimlich zwischen die Diener, denn ich hatte schon lange vorgehabt, mir dieses beeindruckende Schiff genauer anzusehen. Niemand nahm Notiz von mir.

Einige Tage später segelte die ‚Krepost' bis vor den Palast des Sultans. An einem schönen Septembermorgen wurde der Besuch des Sultans angekündigt. Mit einer Gruppe türkischer Kapitäne ging Sultan Mustafa II., in teure Gewänder gehüllt, an Bord der ‚Krepost'. Der holländische Kapitän van Pamburg zeigte den neugierigen Türken das Schiff, und Mijnheer Ukrainzew übersetzte ins Türkische.

Ich hatte mich auf ein verstecktes Plätzchen im Ausguck zurückgezogen. Von dort aus konnte ich alles genau beobachten. Mein Blick fiel auf die Fenster des Sultanspalasts, den Topkapi-Serail. Ich bemerkte eine Bewegung hinter einem Vorhang. Ob wir heimlich beobachtet wurden?

Nachdem der Sultan und seine Kapitäne sich verabschiedet hatten, wurde die Besichtigung für das Volk freigegeben. Hunderte von Schiffen umringten die ‚Krepost' und viele Menschen kletterten an Bord. Es ging zu wie auf einem Basar. Ich brachte mich schnell in Sicherheit und versteckte mich in einer Vorratskammer. Dort hatte ich immer viel zu tun. Bestimmt wimmelte es wieder von Rattenbiestern.

Gegen Abend legte sich der Trubel auf dem Schiff, und ich schlich mich nach oben. Vielleicht wartete an Deck eine Fischmahlzeit auf mich. Neben meinem Tellerchen sah ich meinen Transportkorb stehen. Was sollte das bedeuteten?

Eben verabschiedete sich Mijnheer Ukrainzew von Kapitän van Pamburg und ging zusammen mit seinen Dienern in Konstantinopel an Land. Ich beobachtete, wie Mijnheer herzlich von den türkischen Würdenträgern in Konstantinopel empfangen wurde. Als Geschenk erhielt er ein schönes schwarzes Pferd. Neugier plagte mich. So gerne hätte ich gewusst, wohin Mijnheer in Konstantinopel reiten würde.

Ich wandte mich meinem gefüllten Tellerchen zu und begann zu fressen. Neben dem Transportkorb stand ein Diener und öffnete den Deckel. Hieß das, ich sollte mit an Land kommen? Also sprang ich dummer, neugieriger Kater hinein. Das übliche Geschaukel begann. Ich rollte mich im Korb zusammen und beschloss zu schlafen.

Ein angenehmer Geruch nach Jasmin weckte mich. Der Deckel des Korbs wurde geöffnet. Ich blickte in das Gesicht eines jungen Mannes: „Hole die Favoritin des Sultans", vernahm ich auf russisch. „Richte deiner Herrin Swetlana aus, die gewünschte Katze ist jetzt da." Wo war ich nur gelandet?

Hände hoben mich behutsam aus dem Korb und setzten mich auf ein weiches Kissen in einem hellen Raum mit farbig bemalten Wänden. Frauenstimmen und leichtes Fußgetrappel drangen an mein Ohr. Kurz darauf war ich von Frauen und Kindern umringt. Angstvoll schaute ich nach einem Fluchtweg und nahm eine drohende Haltung ein.

Der junge Mann, der neben meinem Korb stand, sagte: „Das ist die Katze, die vom Fenster des Palasts auf dem russischen Schiff gesehen wurde. Der Gesandte Mijnheer Ukrainzew hat den Wunsch der Favoritin des Sultans erfüllt, und ihr die Katze zum Geschenk gemacht."

Ein sehr schöne, prunkvoll gekleidete Frau trat näher zu mir und versuchte, mich zu berühren. Doch unwillkürlich begann ich zu fauchen. Sie wandte sich an einen der Diener, die neugierig in meinem Korb schauten: „Ahmed, bitte untersuche die Katze, bevor ich sie zu mir nehme."

Danach erfolgte eine unwürdige Untersuchung, an die ich nie mehr denken will. Doch mit dem Ergebnis war ich sehr zufrieden. Ein Kater durfte nicht im Harem bleiben. Ich hörte noch, wie Swetlana zu Ahmed sagte: „Ich wünsche mir eine kleine Katze aus Russland. Vielleicht hat der schöne Kater Nachkommen. Richte dies dem russischen Gesandten aus und bringe ihm den Kater wohlbehalten zurück!"

War ich froh, als ich nach langem Hin und Her wieder im Hafen von Taganrog ankam und auf der Fregatte ‚Apostel Peter' aus dem Transportkorb steigen durfte. Wie schön, Peters tiefe Stimme zu hören: „Wassili, alter Ausreißer, ich habe dich vermisst. Jetzt bleibst du bei mir!" Ich schnurrte leise.

Mit Feuereifer widmete ich mich wieder meiner Aufgabe als Schiffskater. An schönen Herbsttagen ließ ich die Sonne auf meinen Pelz scheinen und dachte an Wanda, die im kalten Archangelsk ausharren musste.

An einem dieser sonnigen Herbsttage lauschte ich einem Gespräch zwischen Peter und seinem Freund Alexander. „Mit den Türken muss ich viel Geduld haben", stellte Peter ärgerlich fest. „Jetzt warte ich schon den dritten Monat, dass wir einen Zugang zum Schwarzen Meer erhalten."

Alexander schwenkte verschiedene Papiere und antwortete: „Heute früh hat ein Bote eine Nachricht von Mijnheer Ukrainzew gebracht."

Er setzte sich neben Peter und las Ukrainzews Mitteilung vor: „Sultan Mustafa bietet Russland einen dreißigjährigen Waffenstillstand an. Das Schwarze Meer und seine Küsten gehören dem osmanischen Sultan. Asow, das die Türkei im Krieg gegen Russland 1696 verloren hat, wird nicht zurückgefordert. Anbei der ausführliche Vertragsentwurf."

Peter dachte lange nach und teilte Alexander schließlich seine Überlegungen mit: „Den Vertrag werden wir uns genau ansehen. Ich werde den Waffenstillstand unterschreiben müssen. Österreich, Italien, Frankreich, England und Holland haben in Karlowitz einen Friedensvertrag mit der Türkei unterzeichnet. Sie werden den Frieden nicht wegen Russland gefährden."

„Für uns bedeutet das", meinte daraufhin Alexander, „wenn wir keinen Hafen am Schwarzen Meer erhalten, macht es keinen Sinn, die Schwarzmeerflotte auszubauen."

„Was meinst du neugieriger Wassili?" scherzte Peter. „Wir richten unser Hauptaugenmerk auf die Ostsee. Du wirst oberster Schiffskater. Oder, noch besser, Generaladmiral meiner russischen Ostseeflotte."

11. Reisen in Russland, Ende 1699

Die gesamte Schwarzmeerflotte verließ vor Ende des Jahres das Schwarze Meer in Richtung Woronesch. Ein kleiner Teil der Flotte blieb in Asow und im Hafen von Taganrog am Asowschen Meer. Die anderen Schiffe fuhren weiter auf dem Don nach Norden. Flussaufwärts ging es langsam voran. Als wir den Woronesch erreichten, war dieser zugefroren.

Am Ufer des mit Eis bedeckten Flusses wartete ein Schlitten mit vier Pferden, in den Peter einstieg, um durch das verschneite Land weiterzureisen. Ich rannte hinter Peter her, denn ich wollte unbedingt mitkommen, die Ostsee kennenlernen und oberster Schiffskater der Ostseeflotte werden.

Peter erlaubte mir, in den Schlitten zu springen. Ich nahm Platz auf der mit Schaffellen belegten Sitzbank und sah mir den Schlitten genauer an. Der obere Teil war dicht verschlossen. Auf beiden Seiten gab es jeweils ein kleines Fenster und zwei Borde mit Essvorräten und Büchern. Von der Decke hing eine Laterne mit Wachskerzen. Auf dem Boden lagen heiße Steine, die das Innere des Schlittens wärmten. Peter stellte seine Füße darauf und hüllte sich in warme Felle.

Die Pferde zogen an. Sofort glitt der Schlitten weich und schnell über die verschneiten

Wege und die zugefrorenen Seen und Flüsse. Nach etwa zwei Stunden Fahrt hielten wir vor einem Wirtshaus, und frische Pferde wurden eingespannt. Weiter ging es entlang der Alleebäume und der rot bemalten Pfosten, die den Weg durch das weiße, winterliche Russland wiesen.

Mehrfach übernachteten wir in Gasthäusern und wechselten viele Male die Pferde. „Bald erreichen wir Moskau", flüsterte Peter in mein Ohr, „wir werden in Preobraschenskoje wohnen, das ist der Ort nahe bei Moskau, in dem ich meine Kindheit verbrachte und mit meinen Jugendfreunden das Preobraschensker Regiment, meine Leibgarde, gegründet habe."

Schon hielt der Schlitten vor einem großen Holzhaus mit vielen reich geschnitzten Türmchen. Überdachte Treppen führten zu einem Balkon hinauf. Dort hatten sich viele Personen versammelt, die Peter zuwinkten. Die Tür unseres Schlittens wurde von einem Diener geöffnet. Schnell schlüpfte ich hinaus und gelangte unbemerkt ins Haus. Peter eilte die Treppe hoch und begrüßte herzlich eine junge Dame und einen halbwüchsigen Jungen: „Liebe Natalja, Schwesterchen, wie geht es dir? Und du Alexei, mein lieber Sohn, du bist groß geworden!"

Bald stellte ich fest, dass außer mir noch weitere, hochrangige Gäste im Haus weilten. Der Gesandte des Königs von Polen wartete auf Peter. Auch mein Freund Fjodor Apraxin aus Archangelsk war angereist. Wahrscheinlich stand eine wichtige Besprechung bevor.

Zuerst wird eine große Feier stattfinden, dachte ich und suchte nach einem warmen, ruhigen Ort im Haus und fand schnell die Küche. Dort wollte ich mich mit dem Fangen von Mäusen nützlich machen.

Kurz darauf kam Natalja, die Schwester des Zaren, in die Küche, um die Speisen für die erlauchten Gäste zu bestellen. Sie entdeckte mich neben dem Herd. „Ach, hier bist du, Wassili, wir haben dich schon vermisst. Mein Bruder hat mir erzählt, dass du ein richtig guter Schiffskater bist und ihn auf vielen Reisen begleitet hast." Sie streichelte mich und befahl der Köchin, mich gut zu versorgen.

In der Küche trafen sich die Bewohner von Preobraschenskoje gerne, setzten sich gemütlich zusammen und unterhielten sich bei Tee und Gebäck über die neuesten Ereignisse im Haus. Auch Katzenfreund Fjodor besuchte mich dort: „Komm her zu mir, mein kleiner, weitgereister Freund", begrüßte mich Fjodor. Ich hüpfte sofort auf seinen Schoß und ließ mich kraulen. Natalja setzte sich zu uns und fragte Fjodor: „Was bedeutet denn der Besuch des Gesandten Johann Reinhold von Patkul?"

Fjodor überlegte eine Zeit lang und erklärte dann: „Der Gesandte Patkul schlägt im Auftrag Polens und Dänemarks ein Bündnis gegen Schweden vor. Dein Bruder will die schwedischen Provinzen Karelien und Ingermanland an der Ostsee zurückgewinnen, die Alexander Newski, unser Nationalheld, vor fast fünfhundert Jahren erobert hat. Jetzt besitzt Schweden die beiden Provinzen mit den wichtigen Hafenstädten Riga, Reval und Narwa. Wir dagegen haben nur einen Hafen am Weißen Meer, Archangelsk."

„Ja Fjodor, ich kenne Archangelsk", bemerkte Natalja, „der Hafen ist das halbe Jahr zugefroren und außerdem fest in den Händen englischer und holländischer Kaufleute. Für Peter könnte ein Bündnis mit August dem Starken und Christian von Dänemark in der Tat sinnvoll sein."

Ein Diener Peters kam in die Küche gerannt und rief: „Der Zar will essen!" Sofort kam Bewegung in die Küche und die vorbereiteten Gerichte wurden in aller Eile hinausgetragen. Wehe, es ging nicht schnell genug! Dann konnte der Zar sehr ungnädig werden.

Alexei, der Sohn Peters erschien in der Küche, um Fjodor zum Essen zu bitten. Mich nahm er ungeschickt auf den Arm und kraulte meinen Pelz zwischen den Ohren: „Ich hol dir was zum Fressen, Wassili", sagte er und brachte mir ein Stückchen vom Braten. So begann unsere Freundschaft.

Ihr wisst ja, dass Katzen von Neugier getrieben sind. So auch ich. Den Holzpalast musste ich unbedingt genauer erkunden. Also tappte ich die Wendeltreppe hinauf, die zu den Türmchen führte. Ganz oben in einem kleinen Raum unter dem schrägen Dach entdeckte ich Gerümpel und alte Möbel. Sonnenstrahlen fielen durch die kleinen Fenster auf eine geschnitzte, weiß bemalte Truhe. Ich umkreiste die Truhe, um eine Öffnung zu finden. Vorne steckte sogar ein Schlüssel. Leider ist es einem Kater nicht möglich, einen Schlüssel umzudrehen und den Deckel zu öffnen. Mäuse huschten umher, denen ich noch schnell den Garaus machte.

Danach schlich ich nachdenklich wieder die Treppen hinab und begab mich in die Küche. Dort setzte ich mich auf meinen Lieblingsplatz am Fenster und beobachtete die Soldaten der Garde bei ihren täglichen Übungen. Jeden Tag kamen mehr Männer dazu.

Alexei, der mich oft in der Küche besuchte, teilte mir seine Befürchtungen mit: „Wassili, siehst du die vielen Soldaten auf dem Hof? Es soll bald Krieg gegen Schweden geben. Im ganzen Land werden Soldaten einberufen. Ihre Ausrüstung kostet viel Geld. Mein Vater sagt, Russland ist ein armes Land, und er weiß nicht, woher er das Geld dafür nehmen soll."

Wieder dieses Geld, ohne das die Menschen offenbar nicht leben können. Alexei sah so unglücklich aus. Ich wollte ihn unbedingt auf andere Gedanken bringen, und als er mich auf den Arm nehmen wollte, entwischte ich ihm, miaute laut und raste die Treppe zu den Türmchen hoch. Alexei mir nach! Oben angekommen, schaute Alexei sich um. Es sah ganz so aus, als wäre er noch nie hier oben gewesen. Ich hüpfte auf die weiße Truhe und streckte meine Pfote nach dem Schlüssel aus. Das verstand Alexei. Er drehte den Schlüssel um, der sich leicht bewegen ließ und öffnete den Deckel. Alexei schlug die Hand vor den Mund und stöhnte leise: „Wassili, in der Truhe liegt ein Schatz: Goldstücke, Schmuck und wertvolles Geschirr. Das muss ich sofort meinem Vater zeigen", rief er und rannte die Treppe hinunter.

Ich setzte mich neben die Truhe und wartete ab. Darüber schlief ich ein. Plötzlich weckte mich Peters dunkle Stimme: „Das hat der Kater gefunden! Das ist ja unglaublich! Wahrscheinlich handelt es sich hier um die lang vermissten Schätze meines Vaters, die er für

Notzeiten beiseite schaffen ließ. Die können wir gut gebrauchen. Damit kann ich die Ausrüstung der Soldaten bezahlen." Peter warf mich hoch in die Luft, was ich überhaupt nicht leiden kann, und rief: „Wassili und Alexei, ihr zwei seid die Größten."

***

An der Unruhe im Haus spürte ich, dass eine Reise bevorstand. Sehr früh an einem Februarmorgen im Jahr 1700 – für Peter begann jeder Tag zwischen zwei und vier Uhr nachts – vernahm ich seine Stimme: „Fjodor, Alexei, die Schlitten sind bereit zur Abfahrt!" Ich schlüpfte aus der Küche und setzte mich neben Alexei, der reisefertig auf der Treppe stand. Er nahm mich auf den Arm und flüsterte: „Ein Angriff der Schweden auf Archangelsk droht. Deshalb fahren wir dorthin. Es sollen mehr Schiffe auf der Werft in Archangelsk gebaut werden. In den Dörfern, die am Weg liegen, will mein Vater Männer zur Arbeit auf der Werft und zum Dienst in der Armee verpflichten. Und wenn wir in Susdal halten, darf ich meine Mutter besuchen. Sie lebt dort im Kloster, seit mein Vater sich von ihr getrennt hat."

In Susdal verabschiedete sich Alexei von mir und versprach, später nach Archangelsk zu kommen. Peter, Fjodor und ich fuhren weiter nach Norden. An die schöne Ortschaft

70

Wyschni Wolotschok, die in einem Gebiet mit vielen Flüssen und Seen lag, kann ich mich besonders gut erinnern. Peter ließ vor dem Gasthaus anhalten, um dort zu Mittag zu essen. In Windeseile verbreitete sich die Nachricht vom Besuch des Zaren im Ort.

Die Einwohner des Dorfes versammelten sich in ihren Feiertagskleidern vor ihren Haustüren. Vom Schlitten aus beobachtete ich, wie Peter einen Gang durch den Ort machte und sich mit den Leuten unterhielt. Ich bemerkte, wie ein hübsches, junges Mädchen vorsichtig hinter einem Schuppen hervorlugte. Zar Peter deutete auf den Schuppen und das Mädchen wurde zu ihm gebracht.

Ringsum lachten alle Frauen laut auf und ich vernahm Peters Stimme: „Was lacht ihr Närrinnen über das Mädchen? Seid ihr eifersüchtig, weil sie mir gefällt?"

Ein Bauer, der neben ihm stand, antwortete: „Nein, allergnädigster Herr, darüber lachen sie nicht. Es steckt etwas anderes dahinter." – „Und was denn?" fragte der Zar. „Dass seine Majestät sie ‚Mädchen' nennt." – „Was? Ist sie denn schon eine verheiratete Frau?" – „Nein, das auch nicht", antwortete der Bauer. „Vor ein paar Jahren bezog ein deutscher Offizier Eurer Majestät Quartier bei uns. Von ihm hat sie einen Jungen bekommen. Bald darauf wurde der Offizier anderswohin kommandiert.

Deswegen meiden unsere Mädchen den Umgang mit ihr und lachen über sie."

„Wenn sie sonst nichts Schlimmeres begangen hat, soll man ihr das nicht so lange nachtragen. Ich will jetzt den kleinen Jungen sehen", verlangte der Zar. Ein kräftiger Junge von zwei Jahren wurde gebracht. „Das ist ein hübscher Junge, der kann später ein braver Soldat werden. Von Zeit zu Zeit werde ich nach ihm fragen." Peter küsste die Mutter auf die Wange und schenkte ihr eine Hand voll Rubel, stieg in den Schlitten und fuhr davon.

12. Die Katzen von Archangelsk, Februar 1700

„Vera, Boris, Wadik hiergeblieben!" rief Maria Pawlowna, als Fjodor, mit mir auf dem Arm, die Tür zu seinem Haus in Archangelsk öffnete. Das waren die Namen, der drei Rabauken, die in den schneebedeckten Garten hinausstoben. Ich fauchte und spähte vorsichtig ins Haus. Wo kamen nur diese Katzen her? Und wo war Wanda?

„Das ist ja eine wilde Begrüßung", sagte Fjodor und umarmte Maria. „Schau, ich habe Wassili, den Erzeuger der drei Schlingel mitgebracht. Der ist schon ganz verängstigt."

Was hörte ich da? Diese Rasselbande sollten meine Nachkommen sein? Und nun kam mir auch Wanda stolz und mit hoch erhobenem Schwanz entgegen und begrüßte mich mit einem Nasenküsschen. Misstrauisch geworden, schlich ich in den mir wohlbekannten Wohnraum und sprang auf meinen alten Platz auf der Ofenbank. Wahrscheinlich würde ich um meinen Platz kämpfen müssen.

„Gebalge zwischen den Katzen wollen wir möglichst vermeiden. Deshalb bringen wir die zwei jungen Kater zu Peter auf die Werft. Er lässt gerade neuartige Kriegsschiffe bauen, die er gegen Schweden einsetzen will. Über die Katzen wird er sich freuen, denn zur Zeit

73

herrscht dort eine Rattenplage. Das Gebiet ist weitläufig genug, dass jeder Kater ein Revier besetzen kann. Mascha, warum hast du eigentlich die Jungkatzen nicht schon längst weggegeben?" fragte Fjodor.

„Ich wollte, dass ihr Vera und die beiden Kater, den grauen Boris und den schwarzen Wadik noch kennenlernt", antwortete Maria.

Das fand ich großartig von Maria und lugte in den Garten, um mir meinen Nachwuchs genauer anzusehen. Ein Kater war grau getigert, wie unsere Vorfahren aus dem Wald. Das war wohl Boris. Der andere Kater sah fast so aus wie ich, glänzend schwarzer Pelz, weiße Pfötchen, ein weißer Tupfen auf der Nase. Das musste Wadik sein. Vera, die schönste Katze, die ich je gesehen habe, trug ein Fell in weiß, schwarz und rot, genau wie Wanda und meine kleine Schwester in Holland.

Inzwischen hatte Wanda sich neben mich auf die Ofenbank gelegt und wir schauten dem Toben der jungen Katzen im Garten zu, als die vertraute Stimme Peters ertönte: „Was ist denn hier los? Bei der Kälte steht die Haustür offen?"

„Die jungen Katzen sind ausgebüxt. Vielleicht kannst du die beiden Kater auf der Werft gegen die Rattenplage einsetzen?" erwiderte Fjodor.

„Immer her damit!" meinte Peter. Boris und Wadik wurden von Iwan, dem Diener, eingefangen und unter lautem Protestmiauen fortgetragen. Vera brachte sich neben Wanda und mir auf der Ofenbank in Sicherheit.

„Da sehe ich noch eine Katzenschönheit liegen. Haben wir nicht Swetlana, der russischen Favoriten des Sultans eine Katze versprochen, Fjodor? Ich warte noch immer auf die Unterschrift Mustafas unter den Waffenstillstand. Vielleicht kann Ukrainzew mit der Katze als Geschenk beim Sultan erscheinen und uns in Erinnerung bringen?"

„Eine sehr gute Idee, Peter", entgegnete Fjodor. „Im März reise ich in den Süden auf die Werft in Woronesch. Ich kann die Katze mitnehmen und mit einem von unseren neuen Schiffen nach Konstantinopel weitersegeln. Mijnheer Ukrainzew kann um einen Empfang beim Sultan im Serail nachsuchen unter dem Vorwand, die von Swetlana gewünschte Katze zu überbringen. Vielleicht ist der Sultan dann geneigt, den Waffenstillstand mit Russland zu unterzeichnen."

Peter stimmte Fjodors Vorhaben zu: „Damit würde keine Gefahr mehr von der Türkei ausgehen. Russland könnte Schweden noch im Sommer den Krieg erklären, um die Gebiete an der Ostsee zurückzugewinnen."

Wie Peters Sohn, der Zarewitsch Alexei, schon in Preobraschenskoje angekündigt hatte, würde es Krieg mit Schweden geben.

Unsere kleine Katze Vera könnte in ein paar Wochen in die Türkei reisen. Das beruhigte mich, denn bei Swetlana im Serail von Konstantinopel erwartete sie sicher ein angenehmes Leben.

13. Zwischenspiel – Karl XII. von Schweden, 1682-1718

Karl XII. von Schweden erhielt eine strenge militärische Erziehung. Im Alter von vier Jahren ritt er bei Militärparaden auf einem Pony hinter seinem Vater her. An seinem siebten Geburtstag bezog er eigene Wohnräume mit männlichen Erziehern und Bediensteten. Am liebsten ging er auf die Jagd und erlegte schon als kleiner Junge Hirsche, Wölfe und mit elf Jahren seinen ersten Bären.

Nach dem frühen Tod seines Vaters, König Karl XI., einem Wittelsbacher, wurde er mit 15 Jahren für volljährig erklärt und krönte sich selbst als Karl XII. zum König von Schweden.

Der eigensinnige junge König ließ sich von seinen Ministern nichts sagen. Stundenlang warteten sie im Vorzimmer, bis ihnen Karl seine Entscheidungen mitteilte. Um sich der Verantwortung zu entziehen, ging er auf die Jagd, trieb Bären durch die Straßen Stockholms und erlegte sie mit einer Holzgabel. Feuerwaffen oder Messer gegen Tiere einzusetzen, hielt er für unmännlich.

Der achtzehnjährige Karl war wieder einmal auf Bärenjagd, als ihm die Nachricht vom Einmarsch der Soldaten Augusts des Starken, König von Sachsen und Polen, in die schwedische Provinz Livland gemeldet wurde. Er antwortete darauf: „Wir werden König August auf dem gleichen Weg zurückschicken, den er gekommen ist."

Ein paar Wochen später erhielt er die Mitteilung, dass auch Friedrich IV. von Dänemark in den Krieg gegen Schweden getreten sei. Als Russland Schweden ebenfalls den Krieg erklärte, stellten sich Karl XII. und seine disziplinierten Soldaten der russischen Armee bei Narwa und errangen einen überwältigenden Sieg.

14. Der Krieg gegen Schweden beginnt, 1700 Kampf bei Narwa

Uns Katzen wurden Kämpfe um unsere Rangordnung verboten. Meine Söhne Boris und Wadik waren eingefangen und auf die Werft in Archangelsk gebracht worden, um Auseinandersetzungen zu vermeiden. Dabei hätte ich niemals einen von ihnen umgebracht. Es ging nie um einen Kampf auf Leben und Tod. Ich wollte nur klarstellen, dass der Platz neben Wanda auf der Ofenbank mir zustand.

Ganz anders war das bei Menschen. Kriege – so nannten sie ihre Machtkämpfe – forderten immer Todesopfer.

Es kam mir zu Ohren, dass Zar Peter im Kampf um die Stadt Narwa in Livland mehr als zehntausend Tote zu beklagen hatte. Die Schweden hatten die Russen über die Brücke des Flusses Narwa davongejagt, ihnen Waffen, Munition, Pferde, Verpflegung und die gesamte Kriegskasse mit 32.000 Goldrubel entrissen. Ein ungeheurer Verlust! Ganz Europa lachte über die Russen.

Peter verlangte nach dieser Niederlage eine sofortige Modernisierung der russischen Armee und der Flotte nach schwedischem Vorbild. Er lud seine Berater zu einem Treffen nach Archangelsk in das bescheidene Holzhaus, in dem ich zusammen mit Wanda, Maria und Fjodor lebte.

Ich lag wie gewöhnlich neben Peter auf der Ofenbank und lauschte den Gesprächen zwischen ihm, Fjodor Apraxin, Alexander Menschikow und dem obersten Heerführer Boris Scheremetev.

Boris Scheremetew, der im Rang eines Generalfeldmarschalls stand, schlug vor, moderne Waffen in Lüttich zu kaufen, Waffenmanufakturen in ganz Russland zu gründen, kleine wendige Fregatten zu bauen und warme grüne Uniformen für die Soldaten anzuschaffen.

Geld für diese Maßnahmen sollte von der Kirche und den Grundbesitzern eingezogen werden. Ich traute meinen Ohren nicht: ein großer Teil der Kirchenglocken sollte eingeschmolzen werden, um daraus Waffen herzustellen. Hatte Fjodor dies nicht Gotteslästerung genannt?

Generalfeldmarschall Scheremetev gefiel mir gut. Er war älter als Zar Peter und trug in großer Ruhe seine Ratschläge vor. Er sprach mehrere Sprachen, da er in Westeuropa studiert und gelebt hatte. Wie ich später erfuhr, als ich schon ein betagter Kater war, wollte er seinen Lebensabend im Kiewer Höhlenkloster verbringen. Vielleicht bereute er, dass er den Tod so vieler Menschen mitverschuldet hatte und wollte um Vergebung bitten. Doch Zar Peter gestattete ihm diesen Wunsch nicht. Boris Scheremetev diente dem Zar in der Armee bis zu seinem Tod.

***

Inzwischen war auch der Zarewitsch Alexei nach dem Besuch bei seiner Mutter im Kloster Susdal in Archangelsk eingetroffen. Er erzählte mir: „Mein Vater hat von holländischen Kaufleuten erfahren, dass die schwedische Flotte einen Angriff auf Archangelsk plant. Deshalb muss ich ihn auf einer Fregatte begleiten. Ich hasse Schiffe und Kriege. Hoffentlich werde ich nicht seekrank. Wenigstens erlaubt er mir, dich mit auf das Schiff zu nehmen."

So dienten wir beide auf der Fregatte ‚Elias'. Ich wurde keineswegs zum Generaladmiral ernannt, wie einst geplant, sondern gehörte wie der elfjährige Alexei zur einfachen Besatzung des Kriegsschiffs. Die ‚Elias' verließ zusammen mit anderen Fregatten früh am Morgen die Werft in Archangelsk und segelte auf der Dwina ins Weiße Meer. Weit und breit war kein schwedisches Schiff zu sehen. Offenbar hatten die Schweden den Angriff auf die Russische Flotte aufgegeben.

Also segelten wir abends wieder zurück in den Hafen von Archangelsk. Zar Peter, Alexei und die ganze Mannschaft gingen an Land. Nur ich saß verlassen an Deck. Also begann ich zu miauen. Das kümmerte niemanden. Oder doch?

Das Plätschern von Rudern war zu hören. Leises Flüstern drang an mein Ohr. Jemand kletterte an Bord der ‚Elias‘. Direkt neben mir tauchte ein Wuschelkopf auf und gleich daneben noch einer. Zwei junge Männer stiegen vorsichtig über die Reling. Einer blieb direkt neben mir stehen und spähte auf das Meer hinaus. Der andere begann das Schiff abzusuchen. Er steckte ein Fernrohr in eine Tasche, einen Kompass und, so vermutete ich, verschiedene Seekarten.

Als die beiden Jungen wieder verschwinden wollten, wurde ich entdeckt. Ich hörte ein leises Lachen und Worte, die ich so deutete: „Hier sitzt eine Katze, aus der sich unser geliebter König Karl eine schöne russische Pelzmütze machen lassen kann.“ König Karl, das war doch der schwedische Herrscher, gegen den Zar Peter Krieg führte.

Nichts wie weg, dachte ich, doch da wurde ich schon gepackt und in die Tasche zu dem Fernrohr gesteckt. Ich glaubte, mein letztes Stündchen habe geschlagen, als ich in der Tasche über die Reling flog. Doch ich klatsche nicht ins Wasser, sondern wurde sanft aufgefangen und aus der Tasche herausgeholt. Mein Befreier flüsterte: „Oh, was für ein schönes, weiches Kätzchen!" Unverschämtheit! Stolzer Kater, das wäre die richtige Bezeichnung für mich! Doch ich war dankbar dafür, am Leben zu sein, obschon ich in schwedische Gefangenschaft geraten war.

Wie sich dann am nächsten Tag herausstellte, galt auch hier das bekannte Sprichwort: ‚Der Brei wird nicht so heiß gegessen, wie er gekocht wird.' Von einer Umarbeitung meines Pelzes in eine Mütze für den König war nicht mehr die Rede. Stattdessen erhielt ich von meinem Befreier ein Tellerchen mit Milchbrei hingestellt mit der Aufforderung: „He Katerchen, hier gibt's was zu fressen. Ich heiße Gunnar und dich nenne ich Gustav nach unserem König Gustav Adolf."

Eine lange Zeit lebte ich mit den jungen Soldaten auf einem Patrouillenboot. Sie versorgten mich mit den Resten ihres Essens und ich hielt aus Dankbarkeit das Boot maus- und rattenfrei. Ob ich Zar Peter jemals wiedersehen würde?

15. Die Siegesfeier in Moskau, 1703

Niemals hätte ich mir vorstellen können auf dem Arm eines schwedischen Soldaten durch Moskau getragen zu werden. Aber genau das traf ein.

Das schwedische Patrouillenboot, auf dem ich als Kater Gustav zwei Jahre lebte, segelte die meiste Zeit auf der Ostsee. Gunnar und die anderen Matrosen auf dem Boot hielten Ausschau nach russischen Schiffen in der Nähe des Mündungsgebiets der Newa. Dabei geriet unser Boot in ein heftiges Seegefecht. Zar Peter und seine Soldaten erstürmten die schwedischen Schiffe und nahmen ihre Besatzungen gefangen. Die Festung Nienschanz an der Newamündung und damit ein Teil Kareliens fiel an Russland. Peter hatte sein erstes und wichtigstes Ziel erreicht: Land für einen Hafen an der Ostsee zu besitzen.

In Moskau feierten die Russen nun ihre Siege über die Schweden in den Provinzen Livland, Ingermanland und Karelien mit einem Triumphzug und einem Feuerwerk. Generalfeldmarschall Scheremetev und seine Soldaten hatten im Jahr 1701 Erastfer und Hummelshof, 1702 Wolmar und Marienburg erobert. Zar Peter und Alexander Menschikow erzielten Erfolge mit ihrer Flotte im Newadelta und zerstörten die schwedischen Festungen

Nöteborg 1702 und ein Jahr später Nien-schanz.

Die schwedischen Gefangenen, darunter der Matrose Gunnar mit mir auf dem Arm, marschierten am Kreml vorbei. Ich entdeckte den Zarewitsch Alexei, der mit vielen Moskau-ern auf der Kremlmauer stand und uns zu-winkte. Hatte er mich erkannt?

Die Schweden wurden auf einen Markt ge-trieben und dort für drei bis vier Gulden ver-steigert. Die Nachfrage war groß und bald stieg der Preis für einen Schweden auf dreißig Gulden. Auch der junge, starke Gunnar wurde schnell an einen Mann in grüner Uniform ver-kauft.

Der Uniformierte gab Gunnar ein Zeichen mitzukommen. Wir marschierten wieder Rich-tung Kreml, an der Basilius-Kathedrale vorbei und hielten vor einem palastartigen Gebäude. Bewaffnete Männer öffneten die Pforte und schon rannte uns Alexei entgegen. War das ein langer Lümmel geworden! Bei meinem An-blick rief er: „Ich hab's gewusst, das ist er, un-ser Wassili", und riss mich aus den Armen Gunnars. Ich blickte zu Gunnar hinüber und sah, wie er sich Tränen wegwischte.

Der Mann in Uniform wandte sich an Gun-nar: „Du wirst in Zukunft auf einer russischen Fregatte Zar Peter dienen. Der Kater hat dir

Glück gebracht. Die anderen schwedischen Gefangenen gehen nach Sibirien oder in die Sklaverei."

***

Tag ein, Tag aus saß ich nun am Fenster und beobachtete das Treiben auf Moskaus Straßen. Sehnsüchtig dachte ich zurück an das Leben mit Gunnar auf dem Boot. Von Natur aus bin ich ein Kater, der für das Leben auf einem Schiff bestimmt ist. Nun war ich weit weg vom Meer in einem Stadtpalast in Moskau gelandet. Nicht einmal einen Garten gab es, wie in London, Archangelsk oder Woronesch!

Eines Tages, als ich auf die Straße schaute, stiegen ein großer Mann und eine kleine, junge Frau vor unserem Palast aus einer Kutsche. Ich hörte schnelle Schritte auf der Treppe und die vertraute tiefe Stimme Peters, der nach seinem Sohn Alexei rief.

Ich sprang voller Neugier vom Fensterbrett und hörte, wie Peter seinen Sohn mit der Dame bekannt machte: „Die Frau an meiner Seite ist Martha Skawronskaja. Bei der Eroberung der Marienburg in Livland habe ich Martha kennengelernt. Sie lebte dort im Haushalt Ernst Glücks, des Pastors von Marienburg. Der Pastor ist mit nach Russland gekommen und hat in meinem Auftrag das erste Gymnasium in Moskau gegründet. Martha wird mir zuliebe zum russisch-orthodoxen Glauben übertreten und auf den Namen Katharina Alexejewna getauft. Du, Alexei, wirst die Ehre haben, als ihr Pate an der Feier teilzunehmen."

Danach fragte er Alexei nach den Fortschritten im Unterricht, den Baron Heinrich von Huyssen ihm in Deutsch, Französisch, Latein, Mathematik, Geschichte und Geographie erteilte. Alexei erzählte begeistert, dass er ausländische Zeitungen las, die Bibel studierte, den Umgang mit Globen und Atlanten erlernte und Tanzen, Reiten und Fechten übte. Peter legte Alexei den Arm um die Schultern. Er schien über den Eifer seines Sohnes sehr erfreut zu sein.

Endlich fiel der Blick Peters auf mich. Er kam zu mir und raunte mir ins Ohr: „Mein lieber Wassili. Schön dich wieder zu sehen. In meinem neuen Haus auf der Haseninsel möchte ich gerne deine Dienste als Mäuse- und Rattenjäger in Anspruch nehmen."

Damit war ich sofort einverstanden, begleitete Peter und die Dame Martha aus dem Palast und stieg zu ihnen in die Kutsche, die auf der Straße wartete.

16. Der Bau der Peter-und-Paul-Festung, die Gründung von St. Petersburg 1703

An einem stürmischen Frühlingstag erreichten Peter, seine Mitarbeiter und ich mit dem Segelboot die Haseninsel im Delta der Newa.

„Die Newa", erklärte Peter uns: „ist ein breiter Strom, der aus dem Ladogasee in die Ostsee fließt. Im Delta der Newa liegen mehr als zwanzig Inseln. Die meisten davon sind unbewohnt, da sie regelmäßig überschwemmt werden. Im Sommer leben ein paar finnische Bauern und Fischer in den Hütten, die sie auf dem sumpfigen Boden gebaut haben. Die größte der Inseln, die Wassilewski-Insel, seht ihr vor uns. Gleich daneben liegt die kleine Haseninsel."

Am Ufer der Haseninsel hatte Peter ein kleines Holzhaus neben einem blühenden Goldregenbaum errichten lassen. Es glich unserem Haus in Holland und bestand aus drei niedrigen Räumen: einem Arbeitsraum, einem Schlafzimmer und einem Esszimmer. Doch es besaß weder Öfen noch Kamine und deshalb auch keine warme Ofenbank zum Schlafen. Wenigstens waren die Wände mit weißem Segeltuch gegen die heftigen Winde gedämmt.

Um dem feuchten, windigen und kalten Wetter zu trotzen, half nur, weiterhin einen dicken Winterpelz zu tragen und sich eine Fettschicht anzufressen. Das sah auch Peter so, und ich erhielt reichlich Fisch und Fleisch. Ging ich vor die Tür, um die Rattenbiester zu verjagen, sank ich tief in den sumpfigen Boden ein und verbrachte viel Zeit damit, meine Pfoten zu putzen. Als ich mich jedoch eingewöhnt hatte, gefiel es mir hier, vom Wasser umgeben, viel besser als in dem bequemen, warmen Moskauer Palast.

Meist lag ich auf der Fensterbank und beobachtete, wie Peter und seine Gäste auf einem Segelschiff ankamen. Sie gingen sofort in seinen Arbeitsraum, der wie die Werkstatt eines Zimmermanns mit einer Drehbank, Hobeln, Sägen und Äxten eingerichtet war. Außerdem stand in dem Raum ein von Papieren übersäter Arbeitstisch. Dieser war mein Lieblingsplatz. Von dort aus überwachte ich Peter, wie er sich einen lederbezogenen Sessel aus Birkenholz zimmerte, die Papiere sichtete oder die Mitarbeiter empfing.

So erfuhr ich, als ich gemütlich zwischen den Papieren lag, dass auf der Haseninsel der Bau einer Festung geplant war. Peter verkündete seinen Freunden: „Am 16. Mai wird der Baubeginn der Peter-und-Paul-Festung gefeiert. Sie wird die ganze Insel einnehmen und ist dadurch auf allen Seiten von Wasser umgeben. Von der Festung aus kann das gesamte Mündungsgebiet der Newa überwacht werden. Da die Haseninsel häufig von Hochwasser überflutet wird, muss zuerst Erde herbeigeschafft werden, um den Inselboden am Ufer anzuheben."

In den nächsten Tagen und Wochen kamen unendlich viele Arbeiter mit Pickeln und Schaufeln auf die Insel. Sie hackten den Boden an höher gelegenen Stellen auf. Mit bloßen Händen füllten sie anschließend die Erde in ihre Schürzen, Kaftane, Jacken oder Körbe und trugen sie an die flachen Stellen der Insel.

Schon bald nach Baubeginn erreichte ein Eilbote die Haseninsel. Er berichtete, dass eine schwedische Armee am Nordufer der Newa gesichtet worden sei. Daraufhin verließ Peter die Baustelle, um die Schweden zu vertreiben. Das Flussdelta der Newa wollte er sich nicht mehr nehmen lassen.

Nachdem Peters Truppen die Schweden verjagt hatten, wurden die Arbeiten an der Festung mit aller Macht vorangetrieben. Auf meinen Streifzügen über die Insel kam ich an vielen Menschen vorbei, die reglos am Boden lagen. Manche trugen zerlumpte, schwedische Uniformen, andere zerrissene Bauernkittel. Ob sie überhaupt noch lebten? Ich beobachtete, wie die am Boden liegenden Menschen eingesammelt und auf Schiffe geladen wurden. Nach einiger Zeit kehrten die Schiffe ohne ihre Ladung zurück. Ob die Menschen ins Meer geworfen wurden?

Im Herbst ging die Peter-und-Paul-Festung mit ihren sechs Bollwerken ihrer Vollendung entgegen. Nur Erde und Baumstämme waren zu ihrem Bau verwendet worden.

Erst viele Jahre später erlebte ich, wie die Festung von dem italienischen Architekten Domenico Trezzini im Auftrag Peters mit Steinen neu errichtet wurde. Doch die Grundsteinlegung der Peter-und-Paul-Festung am 16. Mai 1703 wird als Gründung der Stadt Petersburg angesehen und gefeiert.

17. Der neue Hafen in der Newabucht, 1703

An einem nebligen Tag im November staunte ich, als eine Flotte prächtiger neuer Schiffe auf die Haseninsel zu segelte. Auf der vordersten Fregatte, die den Namen ‚Standard' trug, entdeckte ich Zar Peter inmitten seiner Freunde Alexander und Fjodor. Peter gab einem Matrosen ein Handzeichen. Der sprang in ein Boot und ruderte an Land. Als der Matrose auf unsere bescheidene Wohnstatt zukam, in der ich seit Peters Weggang allein mit dem alten Diener Iwan lebte, erkannte ich meinen lieben schwedischen Freund Gunnar.

Was für ein freudiges Wiedersehen! Ich ließ mich von Gunnar auf den Arm nehmen und schnurrte laut. „Ich soll Wassili zum Zaren auf das Schiff bringen", erklärte Gunnar dem Diener. Der alte Iwan blieb allein vor dem Haus zurück und winkte uns lange nach.

Auf der Fregatte empfing mich Peter mit den Worten: „Na Wassili, alter Freund und Rattenvernichter, willkommen auf meinem neuen Schiff. Wie immer erwarte ich von dir, dass du jede Maus und jede Ratte vom Schiff jagst. Gunnar, du kümmerst dich um den Kater." Gunnar kannte meinen Lieblingsplatz und trug mich sofort auf den Ausguck.

War ich glücklich, wieder auf einem Schiff zu sein! Wir segelten auf die Ostsee hinaus. Auf der rechten Seite erhob sich ich die felsige Küste Kareliens, auf der linken Seite erstreckten sich die Wiesen und Wälder von Ingermanland. Bald näherten wir uns einer großen Insel, der Insel Kotlin, die wir umrundeten.

Peter maß selbst mit dem Lot die Wassertiefen rings um die Insel und fand eine für die Schifffahrt geeignete Stelle. Er gab seinem Freund Alexander Menschikow den Auftrag, hier am Ufer die Festung Kronslot errichten zu lassen.

Als wir zur Rückfahrt aufbrachen, wurde Peter die Ankunft eines holländischen Handelsschiffes in der Newabucht gemeldet. Peter freute sich so sehr darüber, dass er dem Schiff entgegen segelte und es durch das Delta der Newa lotste. Der Kapitän war überrascht, als er erfuhr, wer sein Lotse war. Und ich staunte, als ich die vertraute holländische Sprache hörte.

„Schön, Cornelius, alter Freund aus Zaandam, dich hier zu treffen", begrüßte Peter den Kapitän auf holländisch: „Das muss mit einem Festessen gefeiert werden, und Cornelius, dein Schiff wird umgetauft auf ,St. Peter und Paul'. Weil du der erste Kapitän bist, der mit seinem Schiff in meinen neuen Hafen in der

Newabucht eingelaufen ist, schenke ich dir fünfhundert Dukaten."

„Danke, Peter, darüber freue mich sehr!" antwortete Kapitän Cornelius, „Dir hier zu begegnen, das hätte ich nicht für möglich gehalten."

„Ich will dir noch eine Freude machen, Cornelius", ergänzte Peter. „Du erhältst für immer das Recht, alle deine Waren ohne Abgaben nach Russland einzuführen. Wie ich gehört habe, hast du Salz und Wein geladen, begehrte Güter in unserem Land."

„Heute bin ich ein Glückspilz, vielen Dank, Peter, für deine Wertschätzung", antwortete Cornelius.

Cornelius strahlte vor Freude über das ganze Gesicht. In einen Pilz hatte er sich nicht verwandelt, das konnte ich deutlich erkennen.

Peter wandte sich nun an Fjodor: „Ab sofort verlangen wir nur noch die Hälfte der schwedischen Zollgebühren. Das wird die Kaufleute aus Holland und England in unseren neuen Hafen locken." Wieder einmal stellte ich fest, wie schlau Peter war.

Alle begaben sich zum Essen an einen festlich gedeckten Tisch auf der Fregatte. Bevor ich mich auf meinen geheimen Platz auf dem Ausguck zurückzog, hörte ich wie Peter verkündete:

„Ich will eine Werft in der Newabucht bauen lassen. Einen Ort dafür habe ich schon gefunden. Er liegt gegenüber der Peter-und-Paul-Festung und eignet sich hervorragend zum Bau einer Werft, denn die Newa ist dort am tiefsten. Pläne habe ich schon gezeichnet. Der Grundriss hat die Form eines U mit der offenen Seite zur Newa für die Schiffe. An Land werden Werkstätten, Lagerräume, Schmieden und Wohnhäuser gebaut. Nach dem Essen könnt ihr die Pläne ansehen."

Einige Tage später wurde mit den Bauarbeiten begonnen. Vom Ausguck aus konnte ich die Entstehung der Werft verfolgen. Zuerst rückten Männer an, um die Bäume zu fällen. Danach errichteten Arbeiter kleine Holzhütten und bauten um einen großen Innenhof die Gebäude der Werft. Zur Sicherheit ließ der Zar die Werft mit Erdwällen und Bastionen umgeben, um sie vor Angriffen in Kriegszeiten zu schützen.

Es wird erzählt, dass Peter seinen eigenen Kompass in der eisernen Wetterfahne auf dem Turm der Werft aufbewahren ließ.

18. Der Architekt Domenico Andrea Trezzini, 1704

An einem windigen Tag saß ich neben Gunnar auf dem Ausguck, als eine Gruppe von Männern an Bord der Fregatte ‚Standard' ging. Sie gestikulierten lebhaft und unterhielten sich in einer klangvollen Sprache.

Neugierig schlich ich näher heran. Peter begrüßte einen großen Mann auf Holländisch: „Willkommen in Russland, Domenico Andrea Trezzini, ab jetzt Andrej Jakimowitsch Tresin. Ich freue mich, dass du meiner Einladung nach Russland gefolgt bist. Von unserem Schiff aus kannst du das Newadelta überschauen. Ich habe bereits eine Festung und eine Werft bauen lassen. Doch jetzt möchte ich, dass hier auch eine Stadt entsteht. Domenico, ich will dich, den berühmten Baumeister aus dem Tessin, mit der Planung meiner Stadt St. Petersburg beauftragen."

Ebenfalls auf Holländisch antwortete Domenico: „Meine Mitarbeiter und ich werden unser Bestes geben, Majestät."

„Nenn mich Peter Alexejewitsch, nicht Majestät. Du erinnerst mich an meinen besten Freund, Franz Lefort. Er war wie du ein Schweizer und ist viel zu früh gestorben."

Capomastro Domenico Andrea Trezzini, der stattliche Mann mit dem wohltönenden Namen, gefiel mir sehr gut. Er war ungefähr gleich alt wie Peter und strahlte Ruhe und Besonnenheit aus.

Peter schenkte ihm die Fregatte ‚Standard‘, sein modernstes Schiff. Domenico und seine Mitarbeiter konnten auf dem Schiff wohnen und arbeiten, bis das Haus Trezzinis auf der Wassilewski-Insel fertiggestellt war. Die Mannschaft der ‚Standard‘ mit den gut ausgebildeten Matrosen sorgte für Bequemlichkeit des Architektenstabs und ich, der hervorragende Kater Wassili, für das Fernbleiben von Ratten.

Schnell freundete ich mich mit Domenico an. Mein neuer Freund, nannte mich: ‚Mio caro gatto Basileo‘. Als ich Leo hörte wurde ich gleich ein Stück größer. Von seinen Mitarbeitern erhielt ich die Titel ‚il nostro gatto più bello‘ oder ‚il miglior gatto al mondo‘.

In den nächsten Wochen entwarfen Domenico und seine Mitarbeiter auf dem Schiff Pläne für den Bau der Festung Kronstadt auf der Insel Kotlin und für eine Kirche auf der Haseninsel. Peter gefiel die Zeichnung für die Kirche inmitten in der Peter-und-Paul-Festung. Sofort beauftragte Domenico seine Handwerker, eine Kirche aus Holz zu bauen und die Innenwände nach italienischem Vorbild mit gelb marmoriertem Stuck auszukleiden.

Später, so versprach Domenico, wenn er und seine Leute die Pläne für die gesamte Stadt gezeichnet hätten, sollten alle Bauten aus Stein errichtet werden. Anstelle der kleinen Holzkirche würde die Peter-und-Paul-Kathedrale entstehen. Ein hoher Kirchturm mit einer vergoldeten Windfahne in Form eines Engels sollte die Kathedrale schmücken, ein Wahrzeichen für die neue Stadt St. Petersburg.

Ich legte mich besonders gerne auf den Schreibtisch Domenicos und am liebsten schlummerte ich auf den neuen Entwürfen. Wenn Peter dann beim Betrachten ein schwarzes Katzenhaar entdeckte, rief er voller Freude: „Alles schon unterschrieben und genehmigt von Gatto Basileo!"

Die Ideen Domenicos zur Gestaltung von St. Petersburg begeisterten Zar Peter. Doch die Wirklichkeit rief den Zaren auf den Kriegsschauplatz zurück.

Er verabschiedete sich von allen auf der ‚Standard'. Domenico erhielt den Auftrag ausreichend Handwerker und Arbeiter einzustellen, um die geplanten Bauten in seinem Sinne weiterzuführen. Gunnar wurde gerufen: „Du sorgst weiterhin für Kater Wassili. Bei meiner Rückkehr will ich einen gepflegten und gut genährten Kater vorfinden." Peter nahm mich auf den Arm und kraulte mich zum Abschied zwischen den Ohren, bestieg die bereitstehende Fregatte und segelte davon. Ich sollte ihn viele Jahre nicht wiedersehen.

19. Zwischenspiel – Schwedens Machtkampf, 1700-1721

Ganz Europa hatte Karl XII. von Schweden, dem achtzehnjährigen König und genialen Feldherrn zugejubelt, als er im Jahr 1700 den russischen Zar Peter I. in Narwa so glorreich besiegt hatte.

Doch der junge König beging nun einen großen strategischen Fehler. Anstatt das geschlagene russische Heer zu verfolgen und Zar Peter zum Frieden zu zwingen, kämpfte Karl sechs Jahre lang in Polen gegen August den Starken, den er im Friedensvertrag von Altranstädt 1706 zum Verzicht auf die polnische Königskrone zwang.

Währenddessen hatte Zar Peter seine Armee nach schwedischem Vorbild reformiert. Sozusagen hinter Karls Rücken eroberte Peter die Newamündung, Karelien, Ingermanland und Schwedisch-Livland. An der Ostsee begann er sogar eine neue Stadt zu bauen – Sankt Petersburg.

Nach seinem Sieg in Polen wollte Karl mit einem Heer von fünfzigtausend Soldaten in Moskau einziehen und marschierte von Polen in Richtung Smolensk, einer Stadt vierhundert Kilometer westlich von Moskau.

Zar Peter wagte keinen offenen Kampf gegen die schwedische Armee. Er setzte auf die Taktik der ‚Verbrannten Erde'. Auf ihrem Marsch Richtung Moskau durch verwüstete Dörfer, verödete Felder, vorbei an vergifteten Brunnen und menschenleeren Sumpflandschaften konnten sich die Schweden nicht mit den notwendigen Lebensmitteln versorgen. Karl sah sich gezwungen, einen Umweg über die Ukraine zu nehmen, um Moskau vom Süden her anzugreifen. Doch das Kriegsglück hatte den jungen König verlassen.

Sein wertvoller Versorgungszug aus Schweden wurde von den Russen abgefangen.

Die rebellischen Kosaken unter Iwan Masepa, die Karl mit 100.000 Mann unterstützen wollten, wurden von den Russen besiegt.

Der Winter 1708/09 war der kälteste seit Menschengedenken und wirkte sich verheerend aus. Die Soldaten litten an Erfrierungen, unter Hunger und Krankheiten. Außerdem mangelte es an Kanonen und Schießpulver. Deshalb belagerte Karl die Stadt Poltawa in der Ukraine, die große Vorräte an Versorgungsgütern und Schießpulver besaß. Bei dem Versuch, unbemerkt in die Stadt zu gelangen wurde der König von Schweden schwer verwundet.

Als der Zar davon erfuhr, gab er seine ausweichende Politik auf und stellte sich zur offenen Feldschlacht. Karl nahm auf einer Bahre, die von 24 Soldaten getragen wurde, an der Schlacht teil. Die Schweden wurden in der berühmten Schlacht bei Poltawa im Jahr 1709 vernichtend geschlagen.

Karl gelang die Flucht in die Türkei. Er erhielt die Erlaubnis, sich mit dem Rest seiner Armee in Bender, einer Stadt im Osmanischen Reich, aufzuhalten. Dort lebte er fünf Jahre lang. Nach einem abenteuerlichen Ritt von zwei Tagen an die Ostsee kehrte Karl nach Schweden zurück, um einen Krieg gegen Norwegen zu beginnen.

Bei Karls letztem Kriegszug 1718 gegen Norwegen traf ihn eine Kugel am Kopf und führte zu seinem Tod. Wahrscheinlich kam der Schuss aus den eigenen Reihen. Karl XII. hinterließ ein verarmtes Schweden.

20. Die Stadt St. Petersburg entsteht, 1704-1709

Ich führte seit dem Abschied Peters ein ruhiges Leben als Schiffskater mit meinen Freunden Gunnar und Domenico auf der ‚Standard‘.

Gunnar hatte inzwischen das Vertrauen Domenicos gewonnen und war zum Kapitän unseres Schiffs aufgestiegen. Meine volle Bewunderung jedoch gehörte Domenico. Ständig beschwerten sich seine Mitarbeiter über die Bedingungen ihres Lebens auf dem Schiff und über das unwirtliche Wetter, die dunklen, eisig kalten Wintermonate, die heftigen Stürme und ständigen Überschwemmungen im Frühjahr. Viele verließen Russland schnell wieder und gingen in ihre Heimat zurück. Domenico musste neue Ingenieure und Architekten anwerben.

Er selbst saß täglich über die Pläne gebeugt und es stapelten sich mehr und mehr Papiere auf seinem Arbeitstisch, was ich sehr gemütlich fand. Meist schlief ich sofort dazwischen ein. „Na, das ist ja mal wieder typisch Wassili", weckte mich die Stimme von Fjodor Apraxin, „verunstaltet die Entwürfe für mein Haus."

„Nein, Herr Admiral, Basileo signiert sie nur. Er zerknittert nichts", antwortete Domenico.

Ich erhob und streckte mich ausgiebig. Domenico und Fjodor beugten sich über die Pläne für das Anwesen Fjodors und betrachteten sie gemeinsam.

„Wenn Ihnen ein Entwurf gefällt", sagte Domenico, „kann sofort mit dem Bau begonnen werden. Das Grundstück für Ihren Palast liegt direkt neben meinem im Bau befindlichen Haus auf der Wassilewski-Insel. Ich bin täglich auf der Baustelle, denn wir ziehen bald um. Ich kann also die Arbeiten gut überwachen."

Eine Zeit lang unterhielten sich die beiden über die Bauarbeiten in der Stadt. Domenico beschrieb Fjodor das Leben der Menschen auf den Baustellen von St. Petersburg: „Es gibt große Verluste bei den Arbeitern am Bau. Viele sterben, kaum, dass sie ein paar Wochen hier sind. Ihre Unterkünfte sind dunkel, eng, feucht und kalt. Sie leiden an zahlreichen Krankheiten wie Skorbut, Ruhr oder Unterernährung. Sie können sich nicht einmal genug zu essen kaufen, denn sie erhalten nur unregelmäßig Geld für ihre Arbeit. Herr Admiral, Sie treffen den Zaren doch in Moskau. Würden Sie ihm eine Bittschrift von mir übergeben? Ich wäre Ihnen sehr zu Dank verpflichtet."

Fjodor nahm die Bittschrift entgegen und versprach, sie dem Zaren auszuhändigen.

Sich für andere einzusetzen, zeichnete Domenico Trezzini aus. Er beschäftigte unzählige Arbeiter auf den Baustellen von St. Petersburg. Von mehr als zwanzigtausend wurde gesprochen. Täglich begegnete Domenico dem Elend dieser Menschen und setzte sich für Verbesserungen ihres Lebens ein.

Während ich den beiden zuhörte, wurde mir plötzlich klar, was es für mich bedeutete, wenn Fjodor von Archangelsk nach St. Petersburg übersiedelte. Maria Pawlowna, Wanda und vielleicht auch meine beiden Söhne Boris und Wadik würden ebenfalls hierher ziehen. Hastig sprang ich vom Arbeitstisch und raste zum Ausguck. Ich hörte Fjodor noch rufen: „Was hat er denn jetzt?"

Ich hielt Ausschau nach einem Schiff aus Archangelsk. Natürlich war das dumm von mir, zuerst musste ja das Haus gebaut werden!

21. Die neuen Bewohner von St. Petersburg, 1709

Endlich war es so weit: Domenico zog mit seinen Mitarbeitern in sein neues Domizil auf der Wassilewski-Insel. Vom Ausguck aus beobachtete ich, wie das Schiff, auf dem wir so lange gewohnt hatten, entladen wurde. Ein weitläufiger Garten führte von der Anlegestelle bis zum Palazzo Trezzini. Ein Garten wie in London, dachte ich, als ich mit Zar Peter und seinen Freunden im Anwesen des Dichters John Evelyn an der Themse wohnte.

Der dreistöckige Palazzo aus gelbem Stein erschien mir jedoch viel schöner und größer als unser Wohnsitz in London. Doch der Garten konnte es nicht mit dem Park in London aufnehmen. Trotzdem würde ich gerne in Domenicos Anlage umherstreifen und mir alles richtig ansehen. Ihr wisst ja – Katzenneugier! Vielleicht fände ich eine geheime Höhle für Wanda und mich.

Vorerst blieb ich mit Gunnar und seinen Matrosen auf der ‚Standard‘. Mein Freund, Kapitän Gunnar und das Segelschiff ‚Standard‘ standen weiterhin Domenico zur Verfügung, der seine Baustellen täglich besuchte. Es gab keine Brücken, denn Zar Peter gestattete ihren Bau nicht. Jeder Bewohner musste ein Segelboot erwerben und lernen, damit umzugehen. Wer kein Segelboot besaß, musste meist lange auf eine Mitfahrgelegenheit warten.

Oft nahmen wir Menschen an Bord, die in einem anderen Teil der Stadt wohnten. Dadurch kannte ich mich sehr schnell im ganzen Gebiet des Newadeltas aus.

Am Abend schleppte mich Gunnar mit sich herum. Er flüsterte in mein Ohr: „So ganz allein auf dem Schiff, das ist nicht gut für dich, Wassili." Vielleicht glaubte er, jemand könne mich stehlen. Er trug mich auf seinen starken Schultern in das lebhafte Viertel hinter der Werft, wo viele Handwerker und Arbeiter wohnten.

Dort befanden sich die Kneipen und der einzige Markt der Stadt. In den Holzbuden, die rings um einen großen Hof standen, boten Händler aus aller Welt ihre Waren an. Lebensmittel, Geschirr und Töpfe wurden in einem geräumigen Holzhaus verkauft. „Alles verdammt teuer!" fluchte Gunnar. „Bestimmt streicht der Zar eine horrende Pacht für diese Bruchbuden ein!"

Ein paar Gassen weiter drängten sich die Menschen durch den tatarischen Flohmarkt, wo alles gebraucht und billig zu erwerben war: Kleidung, Schuhe, Hüte, Pelze, Schmuck, Tische, Stühle, Sättel, Waffen und vieles mehr.

Natürlich wimmelte es hier von Taschendieben. Ihre Raubzüge konnte ich gut von Gunnars Schultern aus beobachten.

Am Dreifaltigkeitsplatz ganz in der Nähe des Marktes besuchten Gunnar und ich das Gasthaus ‚Zu den vier Fregatten‘. Jeder Besucher des Gasthauses erhielt dort eine kostenlose ‚Zarenportion‘: ein Glas Wodka und ein Stück Schwarzbrot. Das hatte der Zar so bestimmt, als er in seinem kleinen Holzhaus auf der Haseninsel wohnte und jeden Morgen zwischen drei und vier Uhr dieses einfache Frühstück in dem Gasthaus einnahm und dort anschließend mit seinen Ministern eine Versammlung abhielt.

Der deutsche Gastwirt Johann Velten begrüßte uns freudig und fragte: „Wen hast du denn da mitgebracht? Ist das nicht der Kater des Zaren?" – „Doch", antwortete Gunnar, „das ist Wassili. Zar Peter hat mir seinen Kater anvertraut. Ich soll auf ihn aufpassen und ihn gut versorgen. Deshalb nehme ich Wassili überall mit und heute hätten wir beide gerne die ‚Zarenportion‘." – „Aha, beide", kicherte Johann Velten. Er reichte Gunnar ein Glas Wodka und hielt auch mir eines unter die Nase. Ich fauchte und drehte den Kopf weg. „Na", meinte Gunnar, „Wassili trinkt keinen Wodka", nahm dem Wirt das Glas aus der Hand und leerte es in einem Zug.

„Ich hätte im Hinterzimmer noch eine Buckelkraxe aus Deutschland", erinnerte sich der Wirt. „In der könntest du den Kater gut befördern. Die kannst du gerne haben."

Johann holte die Kraxe, eine Rückentrage, und wir verließen sehr zufrieden das Gasthaus ‚Zu den Vier Fregatten' – Gunnar gut gestärkt und ich in einer bequemen Trage auf dem Rücken von Gunnar.

Dies geschah alles in der Zeit, in der sich Zar Peter im Krieg mit Schweden befand.

22. Große Veränderungen in St. Petersburg, 1710

Als ich wieder einmal neben Gunnar auf dem Schiff saß, setzte sich Domenico zu uns und erzählte die Neuigkeiten aus Moskau: „Russland hat in der Schlacht bei Poltawa die Schweden besiegt."

„Wo ist denn Poltawa?" fragte Gunnar.

„Das liegt in der Ukraine, 300 km südlich von Kiew", antwortete Domenico. „König Karl von Schweden gelang es, ins Osmanische Reich zu fliehen, und Zar Peter ist im Triumph mit zwanzigtausend schwedischen Gefangenen in Moskau eingezogen."

„Das kenne ich", erwiderte Gunnar, „ich bin vor vielen Jahren mit Wassili auf dem Arm als Gefangener durch Moskau marschiert."

„Das Newadelta und seine Umgebung bleiben in russischer Hand und in Petersburg wird es große Veränderungen geben", fuhr Domenico fort. „Ich habe bereits den Auftrag erhalten, Pläne für drei unterschiedliche Häuser aus Stein zu entwerfen. Der Zar wünscht, dass die Häuser alle gleich hoch sind, Balkone mit Eisengittern besitzen und direkt am Wasser gebaut werden. Wie in Amsterdam sollen sich die Fassaden der Paläste im Wasser spiegeln."

„Das wird sicher schön aussehen", meinte Gunnar, „Domenico, woher nimmst du die Steine für die neuen Häuser?"

„Alle Fahrzeuge, die in St. Petersburg eintreffen, müssen eine vom Zar festgelegte Menge an Steinen mitbringen", erklärte Domenico, „ich hoffe, das wird ausreichen."

Auch für mich sollte sich vieles verändern. Das Anwesen Fjodors, das neben Trezzinis Palazzo entstand, ging seiner Fertigstellung entgegen. An einem warmen Sommertag legte ein Schiff vor dem neuen Herrenhaus Fjodors an. Matrosen trugen Möbel und viele weitere Gegenstände an Land. Am Ende kam Maria Pawlowna an Deck, mit Wanda auf dem Arm. Ein Diener stellte einen Transportkorb für Katzen neben Maria ab. Danach verschwand er wieder im Innern des Schiffs. Ich konnte vor Aufregung kaum atmen.

Kurze Zeit danach erschien der Diener wieder mit einem weiteren Korb. Ich begann zu miauen, laut und immer lauter. Wanda blickte zu mir herüber und miaute leise zurück. Auch Maria hatte mich auf meinem Ausguck entdeckt und gab dem Diener ein Zeichen. Der trug nun die beiden Transportkörbe an Land und kam zu unserem Schiff herüber.

Gunnar schaute empört zu mir hoch und rief: „Wassili, was soll denn der Lärm!" – „Dein

Kater hat unsere Katzen entdeckt und miaut deshalb so laut", vermutete Marias Diener.

Ich hüpfte schnell vom Ausguck herunter und stellte mich zwischen die beiden. „Na, dann bringen wir unseren Wassili eben zu deinen Herrschaften hinüber", schlug Gunnar vor. Gerne ließ ich mich hochnehmen und ins Nachbargrundstück tragen.

Es ist schwer zu beschreiben, was nun geschah. Ich kann nur sagen, die Wiedersehensfreude war gigantisch. Als wir vier Katzen uns beruhigt hatten, nahmen wir das Anwesen samt Garten in Augenschein. Wanda und ich entdeckten ein gemütliches, neues Sofa im Haus. Das war wohl für uns aufgestellt worden, und wir nahmen sofort Platz darauf. Boris und Wadik stromerten derweil im Garten umher.

Es dauerte nicht lange, bis Zar Peter zu Besuch kam und wie ein neugieriger Kater das herrschaftliche Anwesen besichtigte. „Das ist ein wunderschöner Wohnsitz, Maria Pawlowna. Das alte Holzhaus, in dem ich lebe, ist viel zu klein und unbequem. Domenico erhält noch heute den Auftrag, in meinem Garten an der Fontanka einen Sommerpalast für Katharina und mich zu bauen", erklärte Peter.

„Und wen sehe ich da so zufrieden herumliegen – meinen Schiffskater auf einem Sofa?

Da wird es höchste Zeit, dass er wieder zur See fährt." Das hörte ich sehr gern, sprang von Sofa herunter und miaute zustimmend. „Und die beiden Rabauken aus Archangelsk, die im Garten herumtollen, werden auf der neuen Petersburger Werft ihren Dienst zur Rattenvernichtung antreten", befahl der Zar.

Solche Befehle mussten sofort befolgt werden. Boris und Wadik wurden auf die Werft gebracht und ich begab mich wieder zu Gunnar auf das Schiff.

23. Der Sommer-Palast entsteht, 1710-1714

Domenico nutzte weiterhin fast täglich unser Schiff, um seine zahlreichen Baustellen in Petersburg schnell und sicher zu erreichen. Er baute Paläste für die Adligen, denen Peter befohlen hatte, ihren Wohnsitz aus Moskau in sein ,Paradies' an der Newa zu verlegen.

Wie immer, wenn Domenico unermüdlich arbeitete, rief er: „Gatto Basileo!" Sofort rannte ich herbei, sprang auf seinen Schreibtisch und unterstützte ihn beim Zeichnen der Pläne, indem ich durch lautes Schnurren meine Bewunderung kundtat.

Unter meiner strengen Aufsicht entstanden drei großartige Entwürfe für die neuen Gebäude. Wer ein Haus in St. Petersburg bauen wollte, musste einen der drei Entwürfe auswählen. „So", hatte der Zar befohlen, „wird die Stadt ein künstlerisches Gesamtbild erhalten. Es werden nicht wie in Moskau Bauernhöfe und Schweineställe neben Palästen stehen."

Täglich besuchten wir nun den Garten des Zaren, der am Ufer der Fontanka lag. Domenico überprüfte das Grundstück für den Bau des Sommer-Palastes. Ich durfte währenddessen durch den Garten strolchen. Peter hatte Pflanzen aus aller Welt kommen lassen, aber nicht alle waren angewachsen. Neben einem kahlen Bäumchen entdeckte ich Peter im Gespräch mit seinem Gärtner: „Schröder, was ist denn mit dem Zitronenbäumchen geschehen?" fragte Peter. „Majestät, es ist erfroren. Hier ist es zu kalt. Aber die Eichen, Linden, Akazien und Ahorne sind gut gediehen."

„Schröder, ich bin sehr zufrieden mit deiner Arbeit, aber etwas fehlt noch." „Was meint ihr damit, Majestät?" fragte der Gärtner in dem mir vertrauten schwedischen Tonfall. „Vielleicht etwas Lehrreiches?" schlug Peter vor. „Majestät könnten Bücher auf die Bänke legen lassen, zum Lesen für die Spaziergänger. Natürlich in Leder gehüllt, damit sie vor Regen geschützt sind."

Darüber lachte Peter nur: „Die Noblen der Stadt lesen nicht gern. Ich habe eine Idee: wir zeigen Szenen aus Äsops Fabeln. Die sind unterhaltsam und bildend."

„Majestät könnten Springbrunnen mit vergoldeten Tierfiguren bauen lassen, wobei jede Figurengruppe eine Fabel darstellt", empfahl der Gärtner.

„Das ist eine glänzende Idee, Schröder", freute sich der Zar, „und für die lesekundigen Besucher bringen wir eine kleine Tafel mit einem erklärenden Text an. Wenn ich mich im Garten aufhalte, kann ich den Spaziergängern den Sinn der Fabeln schildern."

Die Idee wurde schnell verwirklicht und die Besucher freuten sich über die lustigen Brunnen. Traten sie zu nah heran, wurden sie nass gespritzt.

Bei schönem Wetter legte ich mich auf eine Bank und betrachtete nachdenklich meine Lieblingsfiguren ‚Löwe und Mäuschen'. Eine kleine Maus zernagt das Netz, in dem der Löwe gefangen ist. Vielleicht tat sie das aus Dankbarkeit, weil er sie nicht gefressen hatte? Sollte es einer kleinen Maus möglich sein, dem mächtigen Löwen die Freiheit zu schenken?

Manchmal kam Peter vorbei und setzte sich zu mir, streichelte meinen von der Sonne gewärmten Pelz und sagte: „Wassili, mein kluger Schiffskater und Philosoph." Was er damit meinte, habe ich allerdings nicht verstanden.

24. Hochzeit im Sommer-Palast, 1712

„Große Ereignisse werfen ihre Schatten voraus", sagte Domenico zu Gunnar, als wir auf Zar Peter und seine Familie warteten. Schatten konnte ich zwar nirgends erkennen, denn die Sonne brannte senkrecht vom Himmel, wie das im Sommer in Petersburg häufig der Fall ist.

„Der Zar will jetzt endlich sein Verhältnis zu Katharina klären", erzählte Domenico. „Sie hat ihm schon fünf Kinder geboren. Auf dem Feldzug gegen die Türkei letztes Jahr hat Katharina ihn begleitet. Aus Dankbarkeit für ihre geschickten Verhandlungen mit dem türkischen Großwesir wird nun ihre Trauung in der Isaak-Kathedrale stattfinden."

„Von dem Einmarsch in die Türkei habe ich gehört", entgegnete Gunnar. „Der Sultan wollte den schwedischen König Karl nicht an Russland ausliefern. Daraufhin fiel der Zar mit seiner Armee in türkisches Gebiet ein."

„Am Grenzfluss Pruth wurde die russische Armee von den Türken eingekesselt. Für Zar Peter war die Lage hoffnungslos", berichtete Domenico weiter, „Katharina und Vizekanzler Peter Pawlowitsch Schafirow feilschten lange mit dem Großwesir und Oberbefehlshaber der türkischen Armee Baltaji Mehmed Pascha. Sie boten ihm Gold im Wert von 250.000 Rubel an und den gesamten Schmuck Katharinas. Damit erreichten sie, dass der Zar nicht in türkische Gefangenschaft geriet, die russische Armee abziehen konnte und Friedensverhandlungen aufgenommen wurden."

„Dafür hat Katharina wirklich einen Orden verdient", meinte Gunnar.

„Ja, demnächst bekommt sie den ja noch. Der Zar hat vor, ihr den ‚Orden der Heiligen Katharina' zu verleihen", bestätigte Domenico. „Der Großwesir jedenfalls hat in Konstantinopel für die Verhandlungen mit seinem Kopf bezahlt."

Während sich die beiden unterhielten, saß ich auf dem Ausguck und blickte zum Ufer der Newa hinüber. Dort erkannte ich die Kutsche des Zaren. Eben stieg Peter aus. Ihm folgte Katharina mit einem Mädchen an der Hand und einem kleineren auf dem Arm.

Gunnar eilte der Familie entgegen und nahm Katharina die Mädchen ab und trug sie auf das Schiff. Domenico begleitete Peter und Katharina an Bord. Neugierig wie immer schlich ich heran und wurde sofort von den Mädchen entdeckt. „Eine Katze, eine Katze ist hier", riefen sie und versuchten mich zu streicheln.

„Vorsicht", rief Katharina, „Katzen können kratzen." – „Aber doch nicht unser lieber Wassili", antwortete Peter, „Anna und Elisabeth, diesen Kater könnt ihr ruhig streicheln."

Na ja, Streicheln konnte das Zerren an meinem gepflegten Pelz nicht genannt werden. Aber ich ließ es geduldig über mich ergehen, deshalb nannten mich Anna und Elisabeth ‚lieber Kater Wassili'.

Wir segelten nun zum Sommerpalast. Domenico zeigte Peter und seiner Familie den Palast und den Park. Ich schlich heimlich hinterher. Die unteren Räume, die zum Garten führten, waren für Peter bestimmt und schlicht und praktisch eingerichtet. Die Wände des Arbeitszimmers waren bis zur Höhe der Fenster mit weißblau bemalten Kacheln verkleidet, die Bilder von Schiffen zeigten. Ich sprang auf das Schreibpult, um mir die Schiffsuhr genauer anzusehen, die dort stand.

„Wassili, runter vom Schreibpult", schimpfte Peter. „Komm mit in die Küche." Dieser Raum gefiel mir besonders gut. Die Wände waren blau gekachelt und es gab ein Waschbecken mit einem goldenen Hahn. Peter drehte an dem Hahn aus Gold und es sprudelte Wasser hervor. „Siehst du Wassili, hier haben wir fließendes Wasser aus der Fontanka. Du kannst es gerne probieren." Das machte ich sofort und spielte noch ein Weile mit dem Wasser, das aus dem Hahn tropfte.

Danach streifte ich durch die Räume des Obergeschosses. Für einen Kater ist es sehr wichtig, die Örtlichkeiten genau zu kennen.

Katharina zog mit den Kindern in die prunkvoll ausgestatteten Zimmer im oberen Stockwerk. Gunnar trug die beiden Mädchen die Treppe hinauf und ich hörte, wie er sich auf Schwedisch mit Katharina unterhielt.

Gunnar führte Katharina nun zu den Zimmern, die für die Kinder vorgesehen waren. Ich hörte, wie sie leise seufzte: „So viele Zimmer brauche ich nicht mehr. Drei Kinder habe ich schon an den Tod verloren."

Währenddessen spazierte ich weiter ins Schlafzimmer Katharinas. Dort hing ein wunderschönes Kleid aus glänzendem Stoff. Es war mit Spitzen und Edelsteinen besetzt und goldene Glöckchen schimmerten an den Ärmeln. Ich klingelte gleich mit meiner Pfote an einem Glöckchen. „Lass das Wassili, das ist mein Hochzeitskleid! Gefällt es dir?" fragte Katharina. Ich miaute zustimmend. „Morgen, an meinem Hochzeitstag, werde ich das Kleid tragen. Ich verspreche dir, danach schenke ich dir ein Glöckchen zum Spielen."

***

In der Nacht trottete ich durch den Sommer-Garten und legte mich zum Schlafen unter einen Rosenstrauch in der Nähe des neu angelegten Teichs. Früh am nächsten Morgen wurde ich von den Dienern geweckt, die Tische und Geschirr auf Ruderboote luden. Heimlich sprang ich in ein Boot. Kaum hatte ich mich darauf versteckt, ruderten die Diener zu der Insel im Teich, stellten dort die Tische auf und deckten sie mit Geschirr und Gläsern.

Ich hüpfte unbemerkt vom Boot und konnte die Insel in aller Ruhe besichtigen. In riesigen Käfigen zwitscherten bunte Vögel und machten einen Höllenlärm. Zwischen blühenden Obstbäumen entdeckte ich einen Pavillon. Die Tür stand offen – ich schlüpfte hinein. Vor einem großen Fenster stand ein Schreibtisch. War dies der Arbeitsplatz des Zaren? Ich sprang hinauf und spielte mit den auf dem Tisch herumliegenden Schreibutensilien. Danach hopste ich auf das mit vielen Kissen ausgestattete Bett und streckte mich aus – der Pavillon war wirklich gemütlich eingerichtet!

Als es Mittag wurde, erschienen das Zarenpaar und seine Hochzeitsgäste. Sie stiegen aus den Ruderbooten und nahmen an den festlich geschmückten Tischen Platz. Hier auf der Insel wurde also die Hochzeit gefeiert!

Der Zar begrüßte alle seine Gäste mit Namen und lud sie für den nächsten Tag zu einer Schifffahrt zur Festung Kronstadt ein. Die Geladenen klatschen und johlten aus Freude über die Einladung. Das war zu viel für meine Katzenohren. Ich sprang schnell zu einem Ruderer ins Boot und konnte so dem Festtagslärm entfliehen.

25. Der Schiffsausflug nach Kronstadt, 1712

Am Tag nach der Hochzeit fand der Ausflug nach Kronstadt auf der Insel Kotlin statt. Der Zar wollte seinen interessierten Freunden die neuen Festungsanlagen in Kronstadt und seine Flotte im Hafen zeigen. Die ausländischen Gesandten und Freunde begaben sich an Bord des neuen in Holland gekauften Segelschiffes, das Peter selbst steuern wollte. Zu seiner Unterstützung hatte er Gunnar angefordert. Natürlich durfte auch ein richtiger Schiffskater nicht fehlen und so kam ich mit an Bord und bezog meinen Platz auf dem Ausguck.

Bei wunderschönem Wetter segelten wir los. Nach kurzer Fahrt spürte ich das Aufkommen eines starken Windes. Am fernen Horizont sichtete ich Nebel und aufsteigende Wolken und begann sofort laut zu miauen.

„Warum schreit denn der Kater so laut?" fragte Peter.

„Wassili will uns etwas sagen, das müssen wir ernst nehmen, Majestät", antwortete Gunnar. „Vom Ausguck aus kann er weit sehen. Ich klettere mal zu ihm hoch."

„Es wird einen gefährlichen Sturm geben, Majestät. Lasst die Matrosen die großen Segel einziehen!" meldete Gunnar.

Inzwischen hatten auch die Reisenden auf dem Schiff den Sturm bemerkt und festgestellt, dass das Segelschiff eher rückwärts Richtung Petersburg als vorwärts nach Kronstadt getrieben wurde. Die Gäste auf dem Schiff begannen sich zu ängstigen und baten den Zar, nach Petersburg zurückzukehren. Doch er antwortete ihnen ruhig: „Habt keine Angst Freunde, Zar Peter kann nicht ertrinken. Hat man je gehört, dass ein russischer Zar im Wasser umgekommen wäre?"

Der Sturm steigerte sich weiter, es donnerte gewaltig, Wellen schlugen über Bord, und das Segelschiff schien in den Abgrund zu stürzen. Todesangst zeichnete die Gesichter der Reisenden. Der holländische Gesandte wandte sich an Peter, der gerade mit dem Steuer beschäftigt war: „Ich bitte Eure Majestät, um Gottes willen zurück nach Petersburg zu steuern und zu bedenken, dass ich nicht nach Russland gesandt worden bin, um mich ersäufen zu lassen. Komme ich um, wie es offensichtlich ist, so werden es Eure Majestät bei meinem Hof zu verantworten haben."

Der Zar konnte sich trotz der großen Gefahr kaum des Lachens enthalten und antwortete gelassen: „Mijnheer, wenn sie ersaufen, so ersaufen wir alle mit, und dann kann Ihr Hof von niemand Rechenschaft fordern."

Indessen sah der erfahrene Seemann Peter selber ein, dass es unmöglich war, sich länger gegen Sturm und Wellen zu halten. Er wendete und kehrte nach Petersburg zurück. Eine reichhaltige Abendmahlzeit und viele Pokale ungarischen Weins belebten seine verängstigte Reisegesellschaft wieder. Peter ließ sie die Nacht über im Sommerpalast ausruhen.

Er selbst segelte bei Tagesanbruch auf seinem schnellen, holländischen Schiff nach Kronstadt. Gunnar holte die Gäste später in Petersburg mit einer Schaluppe ab.

Die Schaluppe kannte ich gut. Sie war ein sicheres, großes, gemütliches Boot der Küstenschifffahrt und für ängstliche Landratten gut geeignet. Ich stieg entspannt mit an Bord.

26. Besuch bei Zarewitsch Alexei, 1713

Gunnar musste, wie schon oft, einen geheimen Auftrag für Fjodor Apraxin in Petersburg erledigen. Diesmal sollten wir eine Angelegenheit für ihn und Maria regeln. Ich freute mich sehr, dass Gunnar und ich zu dem herrschaftlichen Anwesen der beiden segeln durften. Es bot sich für mich die Gelegenheit, meine geliebte Katzendame Wanda zu besuchen, die dort ein angenehmes Leben führte.

Am Landungssteg hüpfte ich vom Schiff, pirschte durch den Garten zum Haus und fand Wanda im Salon. Sie lag auf dem eleganten, neuen Sofa neben Maria. Ich grüßte mit einem leisen Miau und drückte mich zwischen die beiden. Normalerweise freute Maria sich über meinen Besuch und rief: „Endlich kommt wieder einmal unser lieber Wassili vorbei." Aber heute beachtete Maria mich gar nicht. Sie übergab Gunnar einen Beutel.

„Gunnar, bring' bitte diesen Geldbeutel mit zweitausend Rubel Zarewitsch Alexei. Er lebt mit seiner deutschen Frau, Prinzessin Charlotte, in einem heruntergekommenen Haus in Petersburg. Alexei betrinkt sich täglich und misshandelt seine Frau. Offenbar können sie sich nicht mehr genug zu essen kaufen. Hier ist ein Brief von Fjodor mit der Adresse ihrer

Wohnung. Lass dir bitte den Empfang bestätigen."

„Ja, Maria Pawlowna, ich erledige das sofort und gebe anschließend Bescheid", antwortete Gunnar und eilte zum Schiff. Ich rannte, so schnell mich meine Pfoten trugen, hinterher.

Gunnar und ich segelten nun zum linken Newaufer. Er vertäute das Schiff vor einem kleinen Haus und ging mit dem Beutel und dem Brief an Land. Ich schlich hinterher und umrundete das Haus. Es war aus Holz gebaut und besaß nur wenige Fenster und einen kleinen verwahrlosten Garten. Um alles genau beobachten zu können, hüpfte ich auf ein Fensterbrett. Gunnar hatte sich inzwischen der Haustür genähert und klopfte höflich an.

Eine Frauenstimme war zu hören, die auf Deutsch fragte: „Wer ist da?"

Gunnar, der ein wenig Deutsch sprach, antwortete: „Ich bin Gunnar, Bote im Auftrag von Admiral Apraxin."

Die Tür wurde von einer sehr jungen, dünnen Frau geöffnet, die Gunnar eintreten ließ.

Ein Türspalt blieb offen, durch den ich mühelos ins Haus gelangte. In der Mitte des Zimmers stand ein alter Tisch mit wackeligen Stühlen. Die junge Dame bot Gunnar einen

Platz an. Er legte den Geldbeutel und das Schreiben auf dem Tisch und erklärte ihr: „Prinzessin Charlotte, ich soll Euch diesen Geldbeutel und diesen Brief übergeben und bitten, den Brief zu lesen und zu unterschreiben. Den Brief soll ich Admiral Apraxin zurückbringen."

Inzwischen schaute ich mich in dem Raum um. Im hinteren Teil befand sich ein Bett, auf dem eine Person zusammengekrümmt lag. Leise schlich ich heran und erblickte einen riesigen, schlafenden Mann. War das der Knabe Alexei, bei dem ich vor langer Zeit in Moskau in einem vornehmen Haus gewohnt hatte? Er drehte sich um und setzte sich auf. „Ist das mein Wassili?" stotterte er und starrte mich aus trüben Augen an.

Entsetzt über seinen Gestank und sein wildes Aussehen floh ich aus dem Zimmer und brachte mich auf dem Schiff in Sicherheit. Von dort aus konnte ich erkennen, wie sich Alexei an der Haustür festhielt und mir zuwinkte. „Komm doch her, alter Freund", krächzte er und taumelte dann zurück ins Haus.

Bald darauf erschien Gunnar auf unserem Schiff, und wir kehrten bedrückt zu Maria und Fjodor zurück. Ich hüpfte zu Wanda auf das Sofa. Gunnar wurde zum Abendessen eingeladen und erzählte von den traurigen Zuständen im Hause des Thronfolgers.

27. Der Transport des Gottorfer Globus, 1713-1715

Kurz nach dem Besuch bei Alexei erhielt Gunnar erneut einen Auftrag. Fjodor Apraxin, inzwischen Großadmiral der russischen Flotte, kam zu uns auf das Schiff und klärte Gunnar über seine Mission auf: „Du sollst für den Zar den Gottorfer Globus abholen. König Friedrich von Dänemark hat ihm den Globus geschenkt zum Dank für seine militärische Hilfe gegen die Schweden. Peter ist begeistert von dem Globus und dir, Gunnar, traut er zu, dass du dieses wertvolle Wunderwerk der Technik mit dem Schiff sicher nach Petersburg bringen wirst."

„Das ist eine ehrenvolle Aufgabe. Hoffentlich schaffe ich das", zweifelte Gunnar.

„Gunnar, du erhältst eine Fleute für den Transport. Das ist das beste holländische Frachtschiff, das es gibt", beruhigte ihn Fjodor und erklärte weiter: „Der Gottorfer Globus ist eine Kugel mit einem Durchmesser von drei Metern. Innen befinden sich ein Tisch und eine Sitzbank für zwölf Personen. Der Globus kann bewegt werden und die Besucher sehen die Gemälde der Sternbilder über sich vorüberziehen. Auf der Außenseite sind die Kontinente und Meere der Erde abgebildet."

„Das ist ja phantastisch. Ich kann mir das gar nicht vorstellen", staunte Gunnar.

„Ja, dabei ist die wunderbare Kugel schon mehr als fünfzig Jahre alt", erzählte Fjodor, „Herzog Friedrich von Holstein-Gottorf hat im Jahr 1654 den Globus bauen lassen, den sein Hofmathematiker Olearius entworfen hat. Übrigens hat Olearius Reisen bis nach Persien unternommen und Peters Großvater Zar Michael in Moskau besucht."

Für mich, einen einfachen Schiffskater, war ein Globus unvorstellbar. Hoffentlich durfte ich Gunnar auf der Reise begleiten und diese Wunderkugel kennenlernen.

***

Auf der Werft in Petersburg übergab Zar Peter Gunnar und seiner Mannschaft das frisch überholte holländische Frachtschiff mit der bei Matrosen üblichen Redensart: „Gunnar, ich taufe das Schiff auf den Namen ‚Vorbestimmung' und wünsche dir eine allzeit gute Fahrt und immer eine Handbreit Wasser unter dem Kiel."

Auch meine Teilnahme an der Fahrt wurde hervorgehoben mit den Worten: „Mein vortrefflicher Schiffskater Wassili, den du schon gut kennst, wird dich begleiten und deine Essensvorräte an Bord vor Ratten und Mäusen schützen. Schiff, ahoi!"

Danach wurde, wie bei Peter üblich, mit reichlich Wodka auf eine glückliche Reise angestoßen und die Schiffsübergabe ausgiebig gefeiert.

An einem wolkenlosen Junimorgen im Jahr 1713 segelten Gunnar und ich mit der ‚Vorbestimmung' aus der Newabucht in die Ostsee. An vielen Hafenstädten legte unser Schiff an. Manchmal marschierte auch ich an Land.

Besonders gut gefiel mir Reval. Ich streifte an der alten Stadtmauer mit ihren mächtigen Türmen entlang. Allerdings, das muss ich zu meiner Schande gestehen, hat mich ein riesiger weißer Landkater von dort verjagt.

„Die nächste Stadt, in der wir anlegen, heißt Riga", verkündete Gunnar seiner Mannschaft. „Riga war lange schwedisch und die meisten Kirchen sind deshalb evangelisch. Ich werde den berühmten Dom besuchen. Eine weitere bekannte Kirche ist die Petrikathedrale mit dem höchsten Turm der Stadt. Den Katholiken kann ich die Jacobikirche empfehlen."

Ich wurde in die Buckelkraxe verfrachtet und Gunnar nahm mich mit in den alten Dom, wo er lange betete. Anschließend wanderte er mit mir durch die Stadt mit ihren reich verzierten Steinhäusern. Bevor wir auf das Schiff zurückkehrten, besuchte Gunnar endlich ein Gasthaus, wo er einen Schweinebraten bestellte. Natürlich erhielt auch ich einen fetten Brocken davon.

***

Schon den ganzen Sommer segelten wir bei guten Wetter auf der Ostsee. Doch in der Hafenstadt Danzig mussten wir uns längere Zeit an Land aufhalten. Ich hatte bei einer erfolgreichen Jagd auf Ratten und Mäuse im unteren Teil des Schiffes ein Leck entdeckt.

Durch mein aufdringliches Miauen hatte ich Gunnar so weit gebracht, mir in die tiefer gelegenen Frachträume zu folgen. Er ordnete sofort an, Kurs auf den Hafen von Danzig zu nehmen, wo unser Schiff überprüft werden sollte.

Bis der Schaden behoben war, lebte Gunnar viele Wochen auf der Speicherinsel in Danzig. Das Gasthaus zum ‚Blauen Lamm‘, in dem ich mit Gunnar wohnte, befand sich in der Nähe des imposanten Milchkannentors, einem alten Stadttor. Jeden Tag streifte ich dort umher und kannte mich bald gut aus.

Die Kaufleute, die auf den Schiffen ankamen, lagerten ihre Waren in den Kornhäusern der Speicherinsel und mussten zuvor das Stadttor passieren. Einmal kam sogar eine

Schiffskatze namens Molly an Land, mit der ich mich anfreundete. Leider konnte Molly nur wenige Tage bleiben, weil ihr Schiff weiterfuhr.

Als wir wieder einmal im ‚Blauen Lamm' zu Abend aßen, kam ein Mann in russischer Uniform an unseren Tisch. Er fragte höflich: „Kapitän Gunnar, darf ich mich vorstellen? Ich bin Igor Sotow, ein Kurier Zar Peters und habe eine Botschaft zu übermitteln."

Gunnar bot ihm einen Platz an. Aber der Bote wollte sich nicht setzen und teilte uns nur kurz mit: „Kapitän Gunnar soll die Insel Fehmarn ansteuern und dort auf die Ankunft des Zaren warten, der sich zur Zeit am Hof König Friedrichs in Kopenhagen aufhält." Er verbeugte sich, eilte aus dem Gasthaus und ließ Gunnar und mich verdutzt zurück. „Hast du noch Worte, Wassili?" fragte Gunnar und streichelte mich. „Segeln wir eben nach Fehmarn!"

Die unwirtlichen Herbsttage hatten schon begonnen, als wir Danzig mit der nunmehr wieder seetauglichen ‚Vorbestimmung' verlassen konnten. Wir nahmen sofort Kurs auf Fehmarn.

28. Winter auf Fehmarn und die Rückkehr nach St. Petersburg, 1715

Es schneite, als wir in Fehmarn ankamen. Trotz des Schneetreibens erkannte ich sofort die weiß-blau-rote Flagge Russlands, die auf der einzigen Fregatte im Hafen wehte. Ein paar Salutschüsse fielen, also hatte der Zar uns schon entdeckt.

Gunnar begab sich mit mir auf der Schulter an Bord der Fregatte, wo Peter uns begrüßte: „Schön, dich und Wassili wiederzusehen. Wie du weißt, Gunnar, habe ich vom dänischen König Friedrich den Gottorfer Globus als Geschenk erhalten. Auf seine Anordnung wird der Globus auf dem Landweg von Gottorf in Schleswig-Holstein nach Heiligenhafen gebracht. Voraussichtlich wird er im Frühjahr des kommenden Jahres dort eintreffen. Gunnar, du wirst dafür sorgen, dass dieses Wunderwerk der Technik sicher nach Petersburg gelangt."

„Ich werde mir die größte Mühe geben", antwortete Gunnar, „Heiligenhafen liegt südlich von Fehmarn an der Küste und ist schnell mit dem Schiff zu erreichen, so dass ich den Globus bei gutem Wetter dort abholen kann."

Nun wandte sich Peter mir zu und kraulte mich wie immer hinter den Ohren: „Na, Wassili, jetzt bist du schon ein betagter Schiffskater, fünfzehn Jahre oder mehr? Wenn Gunnar, der Globus und du sicher in Petersburg ankommen, erwartet dich eine neue, gemütlichere Aufgabe."

Damit war das Treffen mit dem Zaren beendet und Gunnar und ich gingen an Land, um für uns und die Mannschaft eine Unterkunft für den Winter auf Fehmarn aufzutreiben.

Der kalte Winter verging sehr langsam. Es wurde März, Eis und Schnee schmolzen. Endlich kamen die Knappen des Gottorfer Herzogs mit dem Globus in Heiligenhafen an. Zusammen mit Gunnar und seinen Matrosen hievten sie den Globus auf unser Schiff.

***

Im Großen und Ganzen verlief die Fahrt nach Petersburg ohne große Zwischenfälle – na ja, bis auf einen. Ich saß, wie meist, auf dem Ausguck und bemerkte den aufkommenden Sturm nicht. Noch jetzt schäme ich mich deshalb. Ich war wohl eingenickt und erwachte erst, als mich der Wind vom Ausguck riss und ich ins kalte Wasser klatschte.

Gunnar hatte meinen kläglichen Absturz mitbekommen und mir sofort ein Seil ins Wasser geworfen, an dem ich dann auf die ‚Vorbestimmung' zurückkletterte. Der liebe Gunnar trocknete mich mit einem weichen Tuch ab und bettete mich auf ein Kissen. Am nächsten Tag erhielt ich eine kleine Hängematte, die Gunnar mir gebastelt hatte. Darin schlafe ich jetzt sehr gern.

Erst im Spätsommer kamen wir mit dem Globus in meinem geliebten St. Petersburg an. An den Ufern der Newa standen dicht gedrängt die Menschen und jubelten uns zu. Unser Schiff segelte bis zum Sommer-Palast. Dort empfing uns eine Musikkapelle mit Zar Peter an der Trommel. Zu allem Überfluss wurden auch noch Böller in die Luft gejagt.

Um dem Lärm zu entgehen, begab ich mich in den ruhigen Teil der ,Vorbestimmung', wo Gunnar meine kleine Hängematte aufgehängt hatte und wartete ab. Meinen Ruheort verließ ich erst, als der Riesenglobus schon in der Wunderkammer im Sommer-Garten des Zaren aufgestellt war.

Ich schlich durch den Garten zu der mir gut bekannten Küche im Sommer-Palast, in der Hoffnung, dort etwas Nahrhaftes zu finden. Lautes Gelächter von Kindern und das Bellen eines Hundes drang durch die halb geöffnete Tür. Ich wollte schon den Rückzug antreten, als ich entdeckt wurde.

Konnte das sein? Anna und Elisabeth? Ich staunte: die Töchter Peters sahen aus wie kleine Damen und waren auch so gekleidet.

„Das ist doch unser lieber Wassili", rief die Jüngere und erwischte mich am Schwanz. Das andere Mädchen fasste den Hund am Halsband und befahl: „Lisette, hör auf zu bellen! Elisabeth, gib doch unserem Wassili einen Teller mit Braten." Darüber freute ich mich sehr und begann zu fressen.

Als ich von meinem leeren Teller aufblickte, schaute ich in die ruhigen, braunen Augen von Lisette. Ich hatte sie schon oft in Peters Nähe gesehen. Sie war seine Lieblingshündin und stammte aus dem vornehmen Hundeadel der Barsoi.

Nett von Lisette, mich nicht anzubellen. Außerdem rechnete ich ihr hoch an, dass sie mich beim Verzehren des Bratens nicht gestört hatte. Also war Frieden zwischen uns beiden angesagt.

Ich hatte schon viel über Lisette gehört. Sie war berühmt für ihre Sanftmut. Einmal hatte sie sogar einem Burschen des Zaren das Leben gerettet. Er war beschuldigt worden, Schmuck aus Katharinas Schatulle entwendet zu haben. Der Zar war darüber so aufgebracht, dass er ihn zum Tode verurteilte. Katharina überlegte nun, wie sie Peter besänftigen könnte, um den Unglücklichen vor dem Tod zu bewahren. Lange beriet sie sich mit ihren Hofdamen und sie fanden eine Lösung.

Lisette wurde eine Bittschrift unter das Halsband gesteckt.

Als der Zar von der Werft zurückkehrte, lief ihm Lisette, wie immer, schwanzwedelnd entgegen und sprang an ihm hoch. Sofort entdeckte er das am Halsband herausragende Papier, las es und lachte: „So, Lisette kommst du auch schon mit Bittschriften angesprungen! Weil es das erste Mal ist, will ich dir deine Bitte gewähren. Aber versuch' das nie wieder!" Ein Diener wurde mit dem Befehl zur Peter-und-Paul-Festung geschickt, den Verurteilten freizulassen. Am nächsten Tag entdeckte Katharina ihre Ringe und Halsketten in der Schublade ihrer Kommode.

Von der braven Hündin war also kein Angriff zu befürchten. Deshalb setzte ich mich neben sie und begann in aller Ruhe meinen Pelz zu putzen, als ich die Stimme Peters vernahm: „Anna, Elisabeth, Lisette." Wie aus einem Mund riefen die Mädchen: „Wir sind in der Küche und rate wer noch bei uns ist? – Unser lieber Wassili!"

Peter kam aus seinem Arbeitszimmer in die Küche. „Das passt ja ausgezeichnet. Der Kater kann sofort seinen neuen Dienst antreten, und zwar meine Kunstkammer maus- und rattenfrei zu halten. Immer auf dem Schiff zu leben, ist für unseren betagten Wassili zu gefährlich geworden." – „Oh je", dachte ich, „er

hat von meinem peinlichen Sturz ins Meer gehört."

29. Wassili im Dienst der Kunst, 1716

Gunnar brachte mich auf Wunsch des Zaren in die Kunst- und Wunderkammer. Er flüsterte in mein Ohr: „Wassili, ich werde dich von Zeit zu Zeit besuchen. Wir erforschen dann gemeinsam das Innere des Gottorfer Globus, der hier einen schönen Platz erhalten hat."

Die Kunstkammer lag neben dem Arbeitszimmer des Zaren. Wenn er im Sommerpalast wohnte, führte er selbst seine Besucher durch die Räume. Alle wurden zu Kaffee und Kuchen eingeladen, und Peter erzählte ihnen die Geschichte seiner Sammlung. Ich durfte auf der Schulter von Gunnar an einer Führung teilnehmen. Peter war der Ansicht, ich müsse wissen, was ich zu bewachen habe.

„Als junger Mann besuchte ich Holland. Dort habe ich die gelehrtesten Männer ihrer Zeit kennengelernt, den Arzt und Anatom Frederik Ruysch und Antoni van Leeuwenhoek, den Erfinder des Mikroskops", erklärte Peter seinen Gästen, „Antoni habe ich eines seiner Mikroskope abgekauft. Damit ist es möglich, die Bewegung der roten Blutkörperchen zu beobachten. Im Regenwasser entdeckte Antoni mit seinem Mikroskop sogar kleine Lebewesen. Er hielt sie für winzige Tierchen."

Ein Besucher nach dem anderen schaute durch das Mikroskop.

Gunnar und ich waren inzwischen weiter gegangen und betrachteten seltsame Geschöpfe, die in einer Flüssigkeit in Gläsern schwammen. Gunnar murmelte: „Ziemlich grauslich, Wassili, dieses Kind mit zwei Köpfen."

Inzwischen näherte sich der Zar mit seinen Gästen und plauderte weiter: „Frederik Ruysch hat in mir das Interesse an anatomischen Fehlbildungen geweckt. In ganz Russland habe ich nach menschlichen und tierischen Kreaturen suchen lassen, die vom Normalen abweichen. Was gefunden wurde, ist hier ausgestellt. Es sind keine Höllenwesen, wie manche in Russland glauben. Die Natur bringt von Zeit zu Zeit solche Missbildungen hervor. Meist sind es bedauernswerte Geschöpfe. Keiner muss Angst vor ihnen haben."

Neugierig traten die Besucher näher und betrachteten die seltsamen Gestalten in den Behältern. Besonders aufgefallen ist mir eine Ziege mit drei Hörnern. Die hätte mir schon Angst einjagen können.

„Nun, meine Freunde", verkündete Peter, „jetzt zeige ich euch den wertvollsten Teil meiner Sammlung – das Gold der Skythen. Fürst Matwei Gagarin, der Gouverneur von Sibirien, hat die Kurgane aufgraben lassen. Das sind die Grabhügel der Skythen, ein altes Reiter- und Nomadenvolk, das im ersten Jahrtausend vor Christus Russland durchstreifte. Was in ihren Gräbern gefunden wurde, könnt ihr hier in meiner sibirischen Sammlung bestaunen: unglaublich schöne Schmuckstücke und Kultgegenstände."

Die Gäste betrachteten die Schätze in dem Schaukasten. Goldene Gürtelschließen waren ausgestellt, die wohl als Jagdzauber dienten. Auf einer Schließe umwand eine Schlange den Hals eines Wolfes, auf einer anderen warf ein Pferd ein Wildschwein zu Boden. Arm- und Halsreifen waren mit Raubtierköpfen verziert. Gefäße besaßen Griffe mit Löwenköpfen.

Während die Besucher die Ausgrabungen bewunderten, wandte Peter sich Gunnar und mir zu: „Wassili, du wirst meine Kunstkammer frei von Ratten und Mäusen halten. Ich weiß, das kannst du. Aber genauso wichtig ist mir, dass du das Gold der Skythen im Auge behältst und bewachst. Es könnte Diebe anlocken." Ich antwortete mit einem lauten Miau und hob meine Pfote. Peter nahm meine kleine Pfote in seine Pranke und drückte sie ganz sanft. Damit war unser Bündnis besiegelt.

30. Seltsame Besucher in der Wunderkammer, 1717

Gunnar hielt sein Versprechen und besuchte mich an einem schönen Sonntag im Sommerpalast. Ich hatte eben in der Küche mein Frühstück von Elisabeth erhalten und wollte meinen täglichen Rundgang durch die Wunderkammer antreten.

Wie immer setzte mich Gunnar auf seine Schulter und raunte mir zu: „Wassili, der Zar hat mir als Anerkennung für den erfolgreichen Transport des Globus durch die Ostsee ein Buch über Sternbilder geschenkt und mir erzählt, dass er in London den berühmten Forscher und Astronomen Isaac Newton getroffen hat. Er hat mir erlaubt, heute den Globus in aller Ruhe zu besichtigen. Ich habe ihn ja noch nie von innen gesehen. Du darfst natürlich mitkommen, und ich erkläre dir, was ich inzwischen weiß."

Ein Diener Peters begleitete uns zu dem kupfernen Globus. Er stieg eine kleine Treppe hinauf und schloss die Tür auf, die in den Globus führte. Gunnar kletterte mit mir auf dem Arm hinterher, und wir setzten uns auf die Bank im Innern. Der Diener drehte an einer Kurbel und langsam bewegte sich das Gewölbe über uns.

Gunnar zeigte nach oben und erzählte mir, was in dem Buch stand, das ihm der Zar geschenkt hatte: „Wassili, über dir siehst du die Gemälde der Tierkreiszeichen eines Jahres vorbeiziehen. Im alten Orient gaben die Beobachter des Nachthimmels diesen Sternbildern Namen. Es gibt zwölf davon. Von Ende Dezember bis Ende Januar erkannten sie das Bild eines Steinbocks am Himmel. Das Sternbild von Ende Januar bis Februar deuteten sie als Wassermann, danach folgten Fische, Widder, Stier, Zwillinge, Krebs, Löwe, Jungfrau, Waage, Skorpion und Schütze. Zar Peter hat mir erzählt, dass du im August auf die Welt gekommen bist und der August ist das Sternbild des Löwen. Das passt doch gut zu dir."

Ich bewunderte den mächtigen Löwen, der auf dem Gemälde über uns abgebildet war. Unendlich langsam bewegte sich der Globus von einem gemalten Sternbild zum anderen. Die Luft war warm und stickig. Ich fiel in einen Tiefschlaf.

Mitten in der Nacht erwachte ich durch ein leises Kratzen. Gunnar, der offensichtlich auch eingenickt war, hob den Kopf und schlug die Augen auf. Vorsichtig trug er mich zur Tür, setzte mich auf die Treppe und ich glitt leise hinunter. Ich wusste, nun waren die Fähigkeiten einer Katze gefragt: gutes Sehen in der

Dunkelheit, lautloses Bewegen, feiner Geruchssinn!

An der Vitrine, in der sich die Schätze der Skythen befanden, machte sich ein Mann zu schaffen. Er öffnete mit einem Werkzeug den Schaukasten, holte die goldenen Schmuckstücke heraus und verstaute sie in einem Sack. Dann schulterte er den Sack und schlich zum Ausgang.

Ich schnüffelte an der leeren Vitrine und merkte mir den strengen Geruch, der in der Luft hing. Zu meinem Erstaunen öffnete der Diener, der uns zum Globus geführt hatte, die Tür zum Ausgang aus der Kunstkammer. Ein Lichtschein fiel herein. In dem Moment sah mich der Dieb und fluchte leise: „Verdammtes Mistvieh", und schlüpfte rasch zu Tür hinaus.

Gunnar, der eben die Treppe vom Globus herunterkam, nahm mich auf den Arm und flüsterte: „Die Stimme des Diebes habe ich schon einmal gehört. Am besten benachrichtigen wir sofort den Zaren. Er steht um drei Uhr morgens auf."

31. Die Suche nach dem gestohlenen Skythengold, 1717

Zar Peter empfing uns sofort und hörte sich Gunnars Bericht an. „Zuerst werde ich den Mann, der die Tür geöffnet hat, festnehmen lassen. Aber wahrscheinlich hat er sich schon aus dem Staub gemacht. Die Schmuckstücke der Skythen könnten auf dem Tatarenmarkt in Petersburg zu hohen Preisen verkauft werden", vermutete der Zar. „Gunnar, würdest du den Dieb wiedererkennen?"

„Es war zu dunkel für mich", antwortete Gunnar, „doch als der Dieb Wassili als verdammtes Mistvieh bezeichnete, kam mir die Stimme bekannt vor. Natürlich konnte Wassili ihn mit seinen Katzenaugen gut erkennen. Außerdem hat der Kater überall herumgeschnüffelt. Es ist durchaus möglich, dass er sich an den Geruch des Diebes erinnert."

„Du glaubst, Wassili könnte bei der Suche nützlich sein, falls der Dieb selbst den Goldschmuck veräußert, was sehr fraglich ist", meinte Peter. „Ich werde sofort Kirill und Oleg auf den Tatarenmarkt schicken. Du kennst die beiden. Es sind zuverlässige Männer meiner Leibgarde. Sie sollen sich dort unauffällig umsehen, ob schon Teile des Skythengolds aufgetaucht sind. Einer wird sich als Käufer ausgeben. Vielleicht finden wir so die Hintermänner."

„Wassili und ich könnten auch auf dem Tatarenmarkt zum Einsatz kommen", schlug Gunnar vor. „Ich würde mich als Frau verkleiden und den Kater in der Buckelkraxe mitnehmen. Dort ist er gut geschützt und wird nicht gesehen. Vielleicht fällt ihm etwas Verdächtiges auf."

„Ja, versuchen kannst du es, Gunnar!" meinte der Zar und ordnete die Suche nach dem Skythengold an.

Gunnar fuhr mit mir zu Maria Pawlowna, um sich bei ihr Frauenkleider zu besorgen, und sich beim Einkleiden helfen zu lassen. Ich freute mich, Wanda wieder einmal zu besuchen und legte mich zu ihr auf das Sofa.

Es dauerte eine Weile, bis Gunnar in den weiten Kleidern von Marias Dienerin erschien. Seine blonden Haare waren unter einem alten Kopftuch verborgen, sein Kinn war glatt rasiert. Niemals hätte ich ihn erkannt, doch mein Geruchssinn sagte mir, das ist er, mein Freund Gunnar.

Als wir auf dem Tatarenmarkt ankamen, herrschte Hochbetrieb, wie immer am Morgen. Von uns nahm niemand Notiz. Wir schlenderten an den Kleiderständern entlang. Keiner der Händler erkannte uns, obwohl

Gunnar oft hier eingekauft und immer lange gefeilscht hatte.

Gleich neben den Kleiderhändlern lagen die Buden der Schmuckhändler. Es waren viele Käufer auf dem Markt unterwegs, und ich erkannte Kirill, den Gardisten des Zaren in den Menschenmenge. Ich zog am Kopftuch Gunnars, um ihn auf Kirill aufmerksam zu machen und wir folgten ihm unauffällig von Bude zu Bude. Vielleicht führte sein Weg uns zum dem Schmuckhändler, bei dem sich das Skythengold befand.

In einem etwas größeren Schuppen verweilte Kirill lange. Gunnar beschloss, ebenfalls hineinzugehen, um sich den ausgestellten Schmuck anzusehen. Wir hörten, wie Kirill nach Goldschmuck für eine anspruchsvolle Dame fragte. Er ließ sich mehrere Stücke zeigen. Immer wieder schüttelte er den Kopf. „Was sucht Ihr denn?" fragte ihn der Händler unwirsch. „Das ist wunderbar verarbeiteter Schmuck aus Frankreich."

„Ich suche ein ausgefallenes Stück, etwas Orientalisches", erklärte Kirill.

„Vielleicht kann ich Euch weiterhelfen", antwortete der Händler, „heute morgen wurde mir alter Schmuck angeboten. Möglich, dass er aus dem Orient stammte. Aber ich habe ihn nicht angenommen, weil ich solche Ware hier auf dem Flohmarkt nicht verkaufen kann. Ich habe den Mann zu einem Freund von mir geschickt, der Kunden für solchen Schmuck hat."

Gunnar und ich verließen nun rasch den Laden, um nicht aufzufallen. Im Hinausgehen hörten wir noch, wie der Händler den Weg zum Laden seines Freundes beschrieb.

„Jetzt müssen wir vorsichtig sein, Wassili", raunte Gunnar. „Der Laden befindet sich in den besseren Marktgebäuden, die der Zar vermietet hat. Halte dich geduckt in der Trage! Wenn dir etwas auffällt, stupse mich leicht am Hals!"

Wir verließen den tatarischen Flohmarkt und näherten uns dem Marktviertel, in dem die Diener der wohlhabenden Petersburger einkauften. Auch hier waren früh am Morgen schon viele Menschen unterwegs und niemand beachtete uns.

Kirill, der Gardist Peters, kannte sich offenbar auf dem Marktgelände nicht gut aus, denn wir erreichten vor ihm den Laden des Goldwarenhändlers. Vielleicht war er auch auf dem Tatarenmarkt aufgehalten worden.

Gunnar bezog Stellung neben einem Stand, an dem Obst und Gemüse verkauft wurden. Dort drängten sich viele Kunden und Gunnar konnte, ohne aufzufallen, den Laden des Goldhändlers im Auge behalten. In den Regalen dort befanden sich wertvolle Schmuckstücke neben edlem Geschirr aus Gold und Silber und glänzenden Waffen.

Ein Mann, der einen dunklen Umhang und eine schwarze Pelzmütze trug, betrat den Laden. Um ihn besser wahrnehmen zu können, hob ich ein wenig meinen Kopf aus der Buckelkraxe. Sofort fiel meinem hervorragenden Riechorgan der Gestank nach Tabak und alten Kleidern auf, der von dem Mann ausging. Genau so hatte der Dieb in der Kunstkammer gerochen. Also kratzte ich Gunnar am Hals.

Um mehr sehen und hören zu können, ging Gunnar näher an den Laden heran. Der Unbekannte zog einen Sack unter seinem Mantel hervor und ließ den Händler hineinblicken und fragte: „Könnt ihr das für Nikon verkaufen?" Der Händler nickte, als er das Geheimwort hörte, nahm den Sack wortlos in Empfang und schob ihn unter den Ladentisch. Ohne zu grüßen verließ der Fremde den Laden und entfernte sich rasch.

Gunnar folgte ihm bis zum Ende des Marktgeländes. In seinem weiten, dunklen Mantel glich er einem riesigen Raben. Er eilte zum Ufer der Fontanka, die hinter dem Markt entlangfloss. Hier waren nur wenige Menschen unterwegs. Deshalb blieben wir hinter einem Baum zurück, um nicht aufzufallen und schauten ihm nach, bis er an einer Flussbiegung zwischen den Bäumen verschwand. „Wassili", flüsterte Gunnar, „wir melden Zar Peter, was wir beobachtet haben. Der Sommerpalast liegt nicht weit von hier, am anderen Ufer der Fontanka."

Als wir uns dem Anwesen des Zaren näherten, sahen wir, dass es von Wachleuten und Mitgliedern der Leibgarde umstellt war. „Es ist etwas vorgefallen. In meiner Verkleidung werde ich nicht zum Zaren vorgelassen", murmelte Gunnar und befreite sich von den unbequemen Frauenkleidern und steckte sie in die Tragetasche. Mich nahm er auf den Arm, schließlich war ich bei den Wachleuten als Zar Peters Kater Wassili hoch geschätzt.

Trotz meiner Bekanntheit und Gunnars Ruhm als Kapitän mussten wir längere Zeit warten, bis wir zum Zaren vorgelassen wurden. Von Wachmann Juri, einem Freund Gunnars, erfuhren wir, dass Kirill, einer der Gardisten Peters, heute morgen auf dem Tatarenmarkt ermordet worden war.

So wütend hatte ich Zar Peter noch nie erlebt, als Gunnar ihm von unseren Beobachtungen auf dem Markt berichtete. Wie ein Tiger lief er im Zimmer auf und ab, die Knute in der Hand schwingend. „Gunnar, bist du dir ganz sicher, dass der Dieb in nordöstlicher Richtung an der Fontanka weitergegangen ist?" fragte er gereizt. „Und hast du seine Stimme erkannt?"

„Ja, Majestät, es war die Stimme des Mannes, der Wassili als ‚verdammtes Mistvieh' bezeichnet hat", antwortete Gunnar, „und er nahm den Weg nach Nordosten, der zum Palast Alexander Kikins führt."

„Das bestätigt meine Vermutung, dass der Diebstahl im Auftrag Kikins begangen wurde. Mit dem Geld aus dem Verkauf des Skythengoldes wollte er wohl meinen nichtsnutzigen Sohn, den Zarewitsch Alexei, unterstützen, der ins Ausland geflohen ist, um von dort aus meinen Sturz vorzubereiten."

„Das ist ja entsetzlich, Majestät! Ich kann es kaum glauben", erwiderte Gunnar.

„Schon zwei Mal versuchte mein Jugendfreund Alexander Kikin mich zu ermorden, als ich schlief und er nachts bei mir zum Wachdienst eingeteilt war. Er hasst die Neuerungen, die ich in Russland einführte, denn er liebt unser altes Russland. Einmal erwachte ich nachts und nahm ihm die Pistole ab. Unter Tränen gestand er, dass dies schon der zweite Anschlag auf mich war. Wie durch ein Wunder hatte die Pistole zweimal versagt und er glaubte nun, ich stünde unter göttlichem Schutz. Also verzieh ich ihm im Namen Gottes. Doch jetzt wird es keine Gnade mehr geben, weder für ihn, noch für meinen Sohn. Mit Graf Tolstoi von der Geheimpolizei", der Zar zeigte auf den älteren Mann, der neben ihm stand, „werde ich die Angelegenheit zu Ende führen. Ich danke dir, Gunnar, für deinen aufschlussreichen Bericht. Versorge jetzt den Kater."

Damit war die Unterredung beendet.

32. Schwere Anklagen, 1718

Gunnar und ich begaben uns nun zum Anwesen Fjodor Apraxins. Ich sollte dort etwas zu fressen bekommen und mich bei Wanda ausruhen. Gunnar wollte die Frauenkleider zurückbringen.

Maria empfing uns ganz aufgeregt und erzählte, was sie vor kurzem von Fjodor erfahren hatte: „Die Offiziere der Leibgarde Peters haben einen Mann im Palast Kikins festgenommen, auf den deine Beschreibung zutrifft. Er trug noch den dunklen Mantel und die Pelzmütze. Es handelt sich um einen Kosaken im Dienst Kikins. Auch Alexander Kikin wurde aus dem Bett geholt und abgeführt. Beide werden unter Folter befragt. Die Schätze der Skythen sind bei dem Goldwarenhändler von den Männern des Geheimdiensts beschlagnahmt worden. Den Händler haben sie auch verhaftet."

Gunnar bat Maria, mich bei sich zu behalten, da er noch weiterhin dem Zar zur Verfügung stehen müsse. So ein betagter Kater, meinte Gunnar, habe nach solchen Aufregungen verdient, ein wenig auszuspannen. Ich hatte nichts dagegen einzuwenden und schnurrte zufrieden neben Wanda auf dem feinen Sofa.

Ein paar Tage später war Zar Peter wieder einmal Gast bei seinen besten Freunden, Fjodor und Maria. Er berichtete, dass Alexander Kikin und der Kosak Nikolai Smirnow in Moskau zum Tod am Galgen verurteilt worden waren. Der schöne Palast Kikins ging in russischen Staatsbesitz über und sollte demnächst die Sammlungen Peters aufnehmen, da die Kunstkammer im Sommerpalast nicht mehr ausreichte. Das Glanzstück stellte das wiedergefundene Skythengold dar.

„Der Kikinpalast wird das erste russischen Museum", erklärte Peter, „und um die Ausstellungstücke vor Schädlingen zu schützen, brauchen wir eine große Anzahl Katzen. Auf der Petersburger Werft leben viele Nachkommen der Söhne und Enkel Wassilis, die werden diesen Dienst übernehmen."

„Ich denke, unser lieber Wassili hat nun in seinem neunzehnten Lebensjahr Anspruch auf einen Altersruhesitz erworben", betonte Peter und schaute zu mir herüber. „Auf ‚Mon Plaisir', meinem Lieblingsschlösschen in Peterhof, darf er bis zu seinem Lebensende wohnen. Von der Fensterbank aus kann er auf das Meer hinausschauen. Damit er nicht allein ist, darf Wanda ihn begleiten. Gunnar wird die beiden Katzen in den nächsten Tagen mit dem Schiff dort hinbringen. Die Fahrt wird nur eine halbe Stunde dauern."

Maria Pawlowna wurde sehr traurig: „Ich möchte nicht, dass Wanda mich verlässt."

„Du kannst die Katzen besuchen", antwortete Peter, „Wanda ist schon eine sehr alte Katzendame. Hat sie nicht verdient, dass sie noch eine gewisse Zeit mit Wassili verbringen darf? Du kannst doch eine junge Katze aus ihrer Nachkommenschaft auswählen. Das schmerzt weniger als ihren Tod mitzuerleben."

„Peter hat recht, Mascha", tröstete Fjodor. „Das ist eine gute Lösung, so ist es für alle das Beste. Du kannst im Gästehaus Marly gegenüber von ‚Mon Plaisir' wohnen und jederzeit nach den Katzen sehen."

Maria schaute oft bei uns vorbei. Meist saßen wir in der gemütlichen, mit holländischen Kacheln ausgestatteten Küche von ‚Mon Plaisir.' Nach einer gemeinsamen Mahlzeit schlenderten Maria, Wanda und ich später durch den schön angelegten Garten, spazierten ganz langsam am Kanal entlang bis ans Meer und wieder zurück.

Bei ihrem letzten Besuch, den wir miteinander verbrachten, weinte Maria Pawlowna sehr. Sie nahm Wanda und mich auf ihren Schoß und schluchzte: „Graf Tolstoi hat den Zarewitsch Alexei Petrowitsch auf Befehl des Zaren aus dem Ausland nach Russland zurückgeholt. Er wurde der Verschwörung gegen seinen Vater angeklagt und sollte unter Folter die Namen seiner Unterstützer preisgeben. Doch die schweren Misshandlungen während der Folter überlebte er nicht und ist gestern früh in der Peter-und-Paul-Festung gestorben."

33. Epilog – Der Urgroßvater Puschkins

Als Kater Wassili und die Katzendame Wanda nicht mehr lebten, erhielt Abraham Petrowitsch Hannibal von Zar Peter den Auftrag, das Leben des Katers für die Nachwelt aufzuschreiben. Das wünschten sich vor allem Maria Pawlowna, die sehr um die Katzen trauerte, und Anna und Elisabeth, die beiden Töchter des Zaren. Auch Gunnar, sein bester Freund, der Architekt Domenico Trezzini und der Admiral Fjodor Apraxin blickten gerne auf die Zeit mit Kater Wassili zurück.

Abraham Petrowitsch Hannibal, ein Page Peter des Großen, kam mit neun Jahren an den Hof Peters. Graf Tolstoi, der Gesandte Russlands in Konstantinopel, hatte den Jungen aus Afrika auf dem Sklavenmarkt gekauft. Wahrscheinlich stammte er aus Abessinien. Peter gewährte ihm die Freiheit, ließ ihn taufen und wurde sein Pate. Er fand Gefallen an dem freundlichen und sprachbegabten Jungen. Abraham schlief in der Drechslerwerkstatt des Zaren oder in einem Vorzimmer zu Peters Schlafraum. Manchmal legte sich Kater Wassili neben ihn und schnurrte ihm seine Erlebnisse ins Ohr.

Hannibal, wie er sich selbst nach dem antiken, afrikanischen Kriegshelden nannte, begleitete den Zaren auf vielen Feldzügen.

Abends wurde der phantasievolle Page oft ans Lager Peters gerufen, um Geschichten zu erzählen, damit der Zar sich entspannen und einschlafen konnte.

Peter behandelte den Pagen wie einen Sohn. Er erhielt eine sorgfältige Erziehung und wurde zur Weiterbildung nach Frankreich geschickt. Dort diente er in der französischen Armee und besuchte anschließend eine Akademie für Ingenieurswesen in Paris. Danach kehrte er nach Russland zurück und bewährte sich als Leutnant in einem Garderegiment Peters.

***

Abraham Petrowitsch Hannibal, der später bis zum Generalmajor und Gouverneur von Estland aufstieg, hatte elf Kinder und wurde 85 Jahre alt. Seine Enkeltochter Nadeschda wuchs bei ihm in seinem Landhaus in Suida bei St. Petersburg auf. Sie heiratete ihren Cousin Sergei Lwowitsch Puschkin. Ihr gemeinsamer Sohn war der berühmte Dichter Alexander Sergejewitsch Puschkin.

Nachwort

Mein herzlicher Dank gilt allen meinen Freunden, die mich bei der Fertigstellung dieses Romans unterstützt haben, allen voran Ruth und Christa, des weiteren Frank Debatin, Werner Holbach und last but not least Pia Droop für die Gestaltung des Titelbildes und Klaus Paal für den technischen Support.

Czaar Peterhuisje, das Holzhaus, in dem Zar Peter in Zaandam lebte, ist erhalten geblieben. Es wurde im 19. Jahrhundert abgestützt und mit Ziegelsteinen ummauert und kann besichtigt werden.

Historische Personen

A

Alexander Danilowitsch Menschikow, 1673 bis 1729, stammte aus einfachen Verhältnissen, wurde Zar Peters Bursche und später sein Vertrauter. Er stieg zum Generalgouverneur auf, erhielt den Titel Fürst und wurde einer der reichsten Männer Russlands. Er führte nach Peters Tod 1725 für die Zarin Katharina I. die Regierungsgeschäfte. Nach ihrem Tod wurde er des Hochverrats angeklagt, verbannt und sein Vermögen eingezogen. Er starb in Berjosow, Sibirien. Seinen Nachfahren wurde später das Vermögen zurückgegeben.

Alexander Newski, 1220 bis 1263, russischer Nationalheld und Heiliger.

Alexei Michailowitsch Romanow, 1629 bis 1676, Zar von 1645 bis 1676, Vater von Peter I.

Alexei Petrowitsch Romanow, 1690 bis 1718, Zarewitsch, ältester Sohn Peters I. und dessen erster Frau Jewdokija Lopuchina. Er war ein Gegner der Reformen seines Vaters und floh 1717 zuerst nach Wien und dann nach Neapel. Von den Gesandten seines Vaters nach Russland zurückgeholt, wurde er der

Verschwörung gegen seinen Vater angeklagt. Alexei wurde im Gefängnis gefoltert und verstarb 1718 in der Peter-und-Paul-Festung.

Artomon Sergejewitsch Matwejew, 1625 bis 1682, engster Vertrauter von Zar Alexei Michailowitsch, Pflegevater von Natalja Naryschkina, der zweiten Frau des Zaren Alexei.

Andrei Artamonowitsch Matwejew, 1666 bis 1728, Sohn von Artomon Matwejew, Freund Peters I., russischer Diplomat an verschiedenen Höfen, darunter Holland und Frankreich.

Anton van Leeuwenhoek.1632 bis 1723, niederländischer Naturforscher, Erfinder des Mikroskops.

August der Starke, 1670 bis 1733, König von Sachsen und Polen. In Dresden ließ er den Zwinger, seine Residenz, erbauen und legte bedeutende Kunstsammlungen an.

B

Boris Petrowitsch Scheremetew, 1652 bis 1719, Generalfeldmarschall der russischen Armee unter Peter I. Erfolgreicher Feldherr im Nordischen Krieg von 1700 bis 1721.

C

Charlotte Christine von Braunschweig-Wolfenbüttel, 1694 bis 1715, wurde 1710 mit dem Zarewitsch Alexei Petrowitsch Romanow, Sohn Peters I., verheiratet, starb mit 21 Jahren nach der Geburt ihres zweiten Kindes, Peter Alexejewitsch Romanow, 1715 bis 1730. Dieser war Zar Peter II. von Russland von 1727 bis 1730.

Christopher Wren, 1632 bis 1723, Architekt und Astronom, studierte Mathematik in Oxford. Seine bekanntesten Bauwerke sind die St. Paul's Cathedral in London und das Pembroke College in Cambridge.

Cornelius Cruys, 1657 bis 1727, geboren als Niels Olsen in Dänemark, Ausbildung zum Matrosen in den Niederlanden, Admiral im Dienste Peter I., Aufbau der Russischen Marine.

D

Domenico Andrea Trezzini, 1670 bis 1734, Schweizer Architekt. Wurde von Peter I. zur Planung von Petersburg 1703 nach Russland geholt und schuf bedeutende Gebäude wie die Festung Kronstadt, die Peter-und-Paul-Kathedrale, den Sommerpalast und das Alexander-Newski-Kloster.

E

Ernst Glück, 1654 bis 1705, lettischer Theologe, gründete Schulen in Litauen, kam 1702 in Marienburg mit seiner Familie in russische Kriegsgefangenschaft. Seine Magd Martha Skawronskaja wurde die zweite Frau Peter I. Auf Empfehlung von Martha gründete Ernst Glück das erste Gymnasium in Moskau.

F

Fjodor Jurjewitsch Romodanowski, 1640 bis 1717, väterlicher Freund Peter I., war sein treuer und rücksichtsloser Stellvertreter in Moskau, Peter gab ihm den ironischen Titel ‚Fürst Cäsar seiner Majestät' oder ‚Min Her Koenig'.

Fjodor Matwejewitsch Apraxin, 1661 bis 1728, wichtiger Ratgeber Peters I., Gouverneur von Archangelsk und Generaladmiral. Er kontrollierte den Schiffsbau in Woronesch, wo die erste russische Flotte entstand und gründete die Schule der Navigationswissenschaften in Moskau.

Franz Lefort, 1656 bis 1699, Hugenotte aus der Schweiz, Ratgeber und väterlicher Freund Peters I., feierte rauschende Feste, reorganisierte im Rang eines Generals und Admirals die russischen Armee und die Flotte. Er leitete die Reise 1697 nach Westeuropa und starb nach der Rückkehr in Moskau.

Frederik Ruysch, 1638 bis 1731, niederländischer Anatom, Chirurg und Botaniker, entwickelte Methoden zur Konservierung von Leichen.

Friedrich IV., 1671 bis 1730, König von Dänemark und Norwegen von 1699 bis 1730, kämpfte nach der Niederlage Schwedens bei Poltowa im Nordischen Krieg an der Seite Russlands.

G

Godfrey Kneller, 1646 bis 1723, deutscher Porträtmaler und Hofkünstler, malte Peter I. in London.

Gerrit Claesz Pool, 1651 bis 1710 niederländischer Schiffsbauer, Werftmeister der Niederländischen Ostindien-Kompanie in Amsterdam, stellte Peter dem Großen ein Lehrzeugnis aus. Unter seiner Anleitung arbeitete Peter am Bau der Fregatte ‚Peter und Paul'.

I

Isaac Newton, 1642 bis 1727, englischer Naturforscher, Mathematiker und Philosoph, Verfasser der Philosophie Naturalis Mathematica, in der er die Gravitation beschreibt und den Grundstein für die klassische Mechanik legt. Er gilt als der bedeutendste Wissenschaftler aller Zeiten.

Iwan IV., der Schreckliche, 1530 bis 1584, Großfürst von Moskau, krönte sich selbst mit 16 Jahren zum Zaren von Russland. Er gründete die Palastgarde der Strelitzen.

J

John Evelyn, 1620 bis 1706, englischer Autor, Architekt und Gartenbauer, bekannt durch seine Tagebücher vor allem über die Zeit des großen Brandes in London 1666. Er arbeitete mit Christopher Wren an dem Wiederaufbau Londons und der Gestaltung der Londoner Gärten.

John Locke, 1632 bis 1704, englischer Arzt und Philosoph der Aufklärung, gilt als Vater des Liberalismus und beeinflusste die Unabhängigkeitserklärung der Vereinigten Staaten und die Verfassung Frankreichs.

Johann Reinhold von Patkul, 1660 bis 1707, litauischer Staatsmann im Dienste Augusts des Starken und Peters I.

K

Karl XII. 1682 bis 1718, König von Schweden 1697 bis 1718.

L

Leopold I. 1640 bis 1705, aus dem Hause Habsburg, Kaiser des Heiligen Römischen Reichs von 1658 bis 1705.

Ludwig XIV. 1638 bis 1715, König von Frankreich von 1642 bis 1715, Sohn der Erzherzogin Anna von Österreich, aus dem Hause Habsburg, daher Vetter von Kaiser Leopold I.

M

Martha Skawronskaja, 1684 bis 1727, wurde als Katharina Alexejewna die zweite Frau Peters I. Sie stammte aus einfachen Verhältnissen, war jahrelang seine Lebensgefährtin und wurde offiziell 1712 seine Frau. Nach dem Tod Peters wurde sie Kaiserin Katharina I. von 1725 bis 1727. Sie überließ jedoch die Regentschaft Alexander Menschikow.

Mustapha II., 1664 bis 1704, Sultan des Osmanischen Reiches von 1695 bis 1703, von Prinz Eugen bei Zenta vernichtend geschlagen, danach 1699 folgte der Frieden von Karlowitz.

N

Natalja Naryschkina, 1651 bis 1694, Mutter von Peter I.

Nicolaas Witsen, 1641 bis 1717, Bürgermeister und Regent von Amsterdam, bereiste Russland und erstellte eine Landkarte von Sibirien.

O

Olearius, eigentlich Adam Ölschläger, von 1599 bis 1671, Hofmathematiker und Reiseschriftsteller im Dienst von Herzog Friedrich III. von Schleswig-Holstein-Gottorf. Er bereiste Russland und Persien. 1654 konstruierte er den Gottorfer Riesenglobus.

P

Patrick Leopold Gordon, 1635 bis 1699, aus schottischem Adel, diente in der schwedischen, polnischen und ab 1661 in der russischen Armee, wurde unter Peter I. General. Er führte den Krieg gegen die Türken und unterdrückte den zweiten Aufstand der Strelitzen.

Peter Andrejewitsch Tolstoi, 1646 bis 1728, wurde von Peter I. in schwierigen Missionen eingesetzt, als Botschafter in der Türkei und in Frankreich. Er holte den Zarewitsch Alexei aus Italien nach Russland zurück und beteiligte sich an den Verhören, die zum Tod des Zarewitsch führten.

Peter I. der Große, Peter Alexejewitsch Romanow, 1672 bis 1725, Zar von Russland von 1682 bis 1725. Auf Reisen wählte er oft den Namen Peter Michailow als Pseudonym.

Prinz Eugen von Savoyen, 1663 bis 1736, bedeutender Feldherr im Habsburger Reich, Oberbefehlshaber im Türkenkrieg, Sieg gegen die Türken bei Zenta und Frieden von Karlowitz 1699.

W

Wassili, weitgereister Kater, 1697 geboren in Zaandam, Holland, gestorben in Peterhof, Russland, Todesdatum nicht bekannt. In einer Legende wird berichtet, dass Peter der Große einen Kater aus Holland nach Russland brachte. Die Katze Wanda schenkte Wassili 3 Kinder: Vera, Boris und Wadik. Er hatte viele Enkel und Urenkel.

Wilhelm III. von Oranien-Nassau, 1650 bis 1702. 1672 wurde er zum Statthalter der Vereinigten Niederlande gewählt, heiratete 1677 seine Cousine Maria II., 1662 bis 1694, Königin von England, Schottland und Irland. 1689 wurden sie zusammen bei einer Doppelkrönung in Westminster Abbey als legitime Monarchen von England, Schottland und Irland anerkannt. Nachdem die sehr beliebte Maria 1694 an Pocken starb, regierte Wilhelm bis 1702.

Bibliographie

R. Wittram: Peter der Große. Springer Verlag OHG, Berlin 1954

Henry Troyat: Peter der Große. Classen Verlag GmbH, Düsseldorf 1981

Robert K. Massie: Peter der Große, Sonderausgabe. Athenäum Verlag GmbH, Königstein 1986

Erich Donnert: Peter der Große. Koehler & Amelang, Leipzig 1988

Jacob Stählin: Originalanekdoten von Peter dem Großen. Verlag Philipp Reclam jun. Leipzig 1988

Henry Vallaton: Peter der Große. Eugen Diederichs Verlag, München 1996

Gudrun Ziegler: Das Gold der Zaren. Wilhelm Heyne Verlag GmbH, München 2000

Daniil Granin: Peter der Große. Verlag Volk und Welt GmbH, Berlin 2001

Brigitte Buberl, Michael Dückershoff (Hrsg.): Palast des Wissens, Kunst- und Wunderkammer Zar Peters des Großen. Band 1, Katalog. Hirmer Verlag GmbH, München 2003

Jan Kusber: Kleine Geschichte St. Petersburgs. Verlag Friedrich Pustet, Regensburg 2009

Ludmila Lutz-Auras: Peter I. Lexikus Verlag, Edition Godewin, Bad Kleinen 2013

Detlef Bluhm: Schiffskatzen. Insel Verlag, Berlin 2014